Jobst Schlennstedt

Kleine Küstenmorde

Zum Autor

Jobst Schlennstedt, 1976 in Herford geboren und dort aufgewachsen, studierte Geographie an der Universität Bayreuth. Seit Anfang 2004 lebt er in Lübeck und ist hauptberuflich Geschäftsführer eines Beratungsunternehmens für die Hafen- und Logistikwirtschaft.

2006 schrieb er seinen ersten Kriminalroman mit dem Lübecker Kommissar Birger Andresen. Seit 2008 erscheinen seine Bücher im Kölner Emons Verlag. Mittlerweile hat Jobst Schlennstedt mehr als ein Dutzend Krimis sowie einen Thriller veröffentlicht, die nicht nur in Lübeck und an der Ostseeküste, sondern auch in Ostwestfalen spielen.

Für zahlreiche Anthologien hat Jobst Schlennstedt zudem kriminelle Kurzgeschichten beigesteuert, die nun in »Kleine Küstenmorde« gesammelt in einem Band vorliegen.

www.jobst-schlennstedt.de
www.instagram.com/jotes.hl

Jobst Schlennstedt

Kleine
Küstenmorde

Bibliografische Information der Deutschen Nationalbibliothek: Die Deutsche Nationalbibliothek verzeichnet diese Publikation in der Deutschen Nationalbibliografie; detaillierte bibliografische Daten sind im Internet über http://dnb.dnb.de abrufbar.

© 2018 Jobst Schlennstedt
Herstellung und Verlag:
BoD – Books on Demand, Norderstedt
ISBN: 978-37-4810-076-8

Inhalt

Sylter Royal Deluxe

Sylt

Juliane Mittelstädt hob das Champagnerglas und versuchte alles, ihren Mann so verliebt wie möglich anzusehen. Genau wie damals, vor fünfzehn Jahren, als Jens hier im Fährmannshus in Keitum um ihre Hand angehalten hatte. Mit dem großen Unterschied, dass ihre Gefühle damals echt gewesen waren.

Fünfzehn Jahre, in denen zweifelsohne viel passiert war. So viel, dass sie keinen Tag länger an seiner Seite verbringen wollte. An der Seite eines Mannes, der, wie sie mittlerweile vermutete, noch am selben Abend, als sie sich vor siebzehn Jahren kennengelernt hatten, mit ihrer besten Freundin im Bett gelandet war. Eines Mannes, der in ihrer Hochzeitsnacht mit allen anwesenden Frauen unter vierzig hemmungslos geflirtet hatte. Eines Mannes, den die Freunde aus dem Golfclub mit einem Lächeln auf den Lippen schlichtweg den *Einlocher* nannten.

»Auf die nächsten fünfzehn Jahre«, sagte sie mit der sanftesten Stimme, zu der sie fähig war. Sie deutete einen Kussmund an, ehe sie an ihrem Wein nippte und langsam den Blick auf ihren Teller senkte.

Da lag sie, die gratinierte Auster. Sie verströmte einen Geruch, der ihren Schluckreflex vor eine gewaltige Herausforderung stellte. Sie konnte die Magensäure, die langsam ihre Speiseröhre emporkroch, bereits schmecken. Mittlerweile hatte sie aufgehört zu zählen, wie oft ihr von Austern bereits so schlecht geworden war, dass sie den Rest des Abends über der Kloschüssel in ihrem Hotelzimmer gehangen hatte.

Und doch hatte sie immer wieder gute Miene zum bösen Spiel gemacht, wenn Jens sie Jahr für Jahr hier ins Fährmannshus zu Champagner und gratinierten Austern eingeladen hatte. In Erinnerung an den verhängnisvollen Tag vor fünfzehn Jahren, als sie so überrumpelt gewesen war, dass sie einfach *Ja* gesagt hatte. Ohne dass er auch nur ansatzweise gemerkt hatte, wie sehr sie sich vor diesem widerlich salzig-fischigen Schleim ekelte. Und wie sehr sie sich inzwischen auch vor ihm ekelte.

»Warte«, sagte er plötzlich. »Bevor wir die Austern genießen und unsere Gaumen explodieren, muss ich dir etwas sagen. Es geht um uns beide.«

Juliane blickte ihren Mann mit großen Augen an. Ihre gespielte Überraschung empfand sie selbst als derart plump, dass sie den Kopf schütteln musste. Und doch war es wie jedes Jahr, wenn Jens zu seiner kleinen Rede auf ihre Liebe ansetzte.

»Du machst mich verlegen. Was hast du vor?«

»Diesmal habe ich mir etwas ganz Besonderes ausgedacht«, antwortete Jens mit einem verschmitzten Lächeln auf den Lippen. Obwohl er im vergangenen Jahr fünfundfünfzig geworden und mehr als zehn Jahre älter war als Juliane, hatte er noch nichts von seinem Charme eingebüßt. »Ich möchte, dass wir es noch einmal tun.«

»Wie bitte?«

»Ich spreche von unserem schönsten Tag«, antwortete Jens noch immer lächelnd. »Wir werden ihn einfach wiederholen.«

»Ich weiß nicht, ob ich dich richtig verstehe.« Sie blickte ihren Mann einigermaßen fassungslos an. Diesmal jedoch war nichts davon gespielt.

»Ach Juliane, ich liebe dich und deine Naivität einfach«, redete Jens ungerührt weiter, während seine linke Hand vom Tisch glitt und in seiner Jacketttasche verschwand. Sekunden später legte er sie zurück und verdeckte notdürftig eine kleine schwarze Schatulle. Für einen kurzen Moment hob er seinen Kopf und sah sie ernst an.

»Möchtest du mich noch einmal heiraten?«, fragte er schließlich und öffnete mit einer schnellen Handbewegung die Schachtel. Ein funkelnder diamantener Ring kam zum Vorschein.

Juliane Mittelstädt spürte augenblicklich das Kribbeln in ihren Gliedmaßen. Ihr Körper wurde heiß, Adrenalin pumpte durch ihre Adern. Die pulsierenden Halsadern ließen sie nach Luft schnappen.

»Alles in Ordnung?«, fragte Jens besorgt. »Ich möchte dir eine kleine Freude bereiten. Dass wir beide unsere Liebe noch einmal erneuern. Deshalb möchte ich dir diesen Ring anstecken.« Er nahm den Ring zwischen Daumen und Zeigefinger und griff nach ihrer Hand. Im letzten Moment zog sie diese zurück.

»Was ist?«

»Ich weiß nicht«, antwortete sie irritiert. »Das kommt sehr überraschend. Wir sind doch auch so glücklich, oder nicht?«

»Natürlich sind wir glücklich, aber ich glaube, dass es nie dafür zu spät ist, einander unsere Liebe zu zeigen. Sie aufzufrischen, immer wieder daran zu arbeiten, dass es bis an unser Lebensende so bleibt, wie es ist. Darum würde ich dich gerne noch einmal zu meiner Frau nehmen.«

»Du machst mich verlegen. Ich weiß gar nicht, was ich sagen soll.«

»Sag nichts, lass dir einfach den Ring anstecken.«

Juliane Mittelstädt schloss die Augen und atmete tief durch. Als sie sie wieder öffnete, steckte der Ring bereits an ihrem Finger. Dort, wo sich bis vor einigen Monaten noch ihr Ehering, ein schmuckloser, aber teurer Weißgoldring, befunden hatte. Schließlich lächelte sie wieder. Ein erzwungenes Lächeln.

»Er ist wunderschön«, sagte sie leise.

»Ja, das finde ich auch. Doch du machst ihn noch viel schöner.«

»Er muss ein Vermögen gekostet haben.«

»Nicht ein Bruchteil von dem, was du mir wert bist.«

Das leichte Grinsen auf seinem Gesicht rief einen kurzen Schauer hervor, der ihr über den Rücken lief.

»Und was, wenn mein alter Ring doch wieder auftaucht? Du weißt, dass ich ihn schon ein paar Mal verlegt habe.«

»Mach dir keine Gedanken, Schatz. Falls du ihn wiederfinden solltest, wirst du ihn als Anhänger tragen. Ich lasse dir eine Kette anfertigen.«

»Du bist süß«, sagte sie mit zusammengepressten Lippen.

»Noch etwas.« Jens griff erneut nach ihrer Hand und suchte den Augenkontakt.

Obwohl es Juliane schwerfiel, ihm in seine flirrenden Augen zu sehen, riss sie sich zusammen und erwiderte seinen Blick.

»Ich will dich noch einmal heiraten«, sagte er mit pathetisch klingender Stimme. »Das heißt nicht, dass ich dir lediglich einen neuen Ring anstecke. Ich möchte, dass wir all unseren Freunden zeigen, wie groß unsere Liebe ist.«

»Welchen Freunden?«, fragte Juliane leise.

»Wie bitte?«

»Schon gut, erzähl weiter.«

»Wir sollten das tun, was wir uns damals nicht getraut haben. Vor den Altar treten und uns ewige Treue schwören.«

Hatte er das gerade wirklich gesagt, fuhr es Juliane durch den Kopf. Treue? Dieser Mann, der womöglich während ihrer gesamten Beziehung fremdgegangen war, redete allen Ernstes von Treue. Ihr Magen verkrampfte sich augenblicklich. Das Gefühl, direkt auf den Tisch brechen zu müssen, war so groß, dass sie reflexartig ihre rechte Hand vor den Mund hielt.

»Was ist denn nur los mit dir?«, fragte er besorgt. »Du bist blass. Hast du dir etwas eingefangen? Wir sollten vielleicht besser auf unser Zimmer gehen.«

»Nein, nein«, entgegnete Juliane mit schwacher Stimme, während sich der Würgereiz nur schwer unterdrücken ließ. »Lass uns den Abend einfach genießen.«

»Du brauchst mir nichts vorzumachen«, sagte Jens. »Ich merke doch, dass es dir nicht gut geht.«

»Vielleicht fühle ich mich nur etwas von der Situation überfordert«, erklärte Juliane. »Hier mit dir zu sein und deine Worte zu hören, das ist etwas, das ...«

»Es tut mir leid«, unterbrach er sie. »Ich hätte wissen müssen, dass ich dich nicht so bedrängen darf. Gerade weil mir klar ist, wie schwierig das Ganze für dich ist.«

»Wovon redest du?«

»Wir beide wissen, dass wir damals nicht ohne Grund auf eine größere Feier verzichtet haben. Wir haben zwar nie darüber gesprochen, aber ich weiß doch, weshalb dir nicht danach war zu feiern.«

»Tut mir leid, Jens, ich kann dir nicht mehr folgen.«

»Lag es etwa nicht an meiner Vergangenheit?«, fragte er sichtlich überrascht. »An diesen Dingen, die man über mich erzählt hat? Du weißt schon, was ich meine.«

Juliane versuchte sich zu sammeln. Natürlich wusste sie, wovon er sprach. Sie hatte es schon damals gewusst, und dennoch alle Alarmglocken ignoriert. Freunde, Arbeitskollegen, selbst ihre Brüder hatten sie vor Jens gewarnt. Und doch war sie so blauäugig gewesen, einen Mann zu heiraten, dessen Ruf es war, Frauen scharenweise ins Bett zu bekommen und nicht selten mehrere Beziehungen gleichzeitig zu führen. Sie hatte ihm vertraut. Jahrelang hatte sie geglaubt, sie sei die einzige Frau in seinem Leben. Dass er ihre ständigen Reisen nach Sylt tatsächlich ihretwegen plante. Weil sie die Nordsee so sehr liebte. Den salzigen Geruch des Meeres. Die Möwen und die Schafe. Die Freiheit der Weite und die Ruhe fernab des Alltagsstresses. Und nicht, weil er sich hier auf der Insel mit anderen Frauen traf. Mit Affären, die er womöglich schon seit Jahren führte.

Sie hatte es geglaubt. Trotz aller Warnungen. Bis zu dem Tag vor exakt einem Jahr, als ihr Leben von einer auf die andere Sekunde aus den Fugen geraten war.

Wie jeden Morgen hatte sie das Hotel in Keitum für ihren täglichen Jogginglauf entlang des Wattenmeers verlassen. Bis kurz hinter Munkmarsch und wieder zurück. Knapp acht Kilometer. Vierzig Minuten. Manchmal auch mehr, wenn sie sich zwischendurch noch einen Latte macchiato und eine Marlboro Gold gönnte. Doch niemals weniger.

An diesem Morgen hatte sie jedoch schon nach einem knappen Kilometer abbrechen müssen. Das Seitenstechen, das ein ständiger Begleiter ihrer sportlichen Aktivitäten war, war stärker als üblich gewesen. Ihr war regelrecht schwarz vor Augen geworden, bis sich plötzlich ihr Magen entleert hatte.

Ohne einen Blick auf das flüssige Etwas vor ihren Füßen zu riskieren, hatte sie sofort geahnt, dass es die gratinierten Austern vom Vorabend gewesen waren, die sich den Weg zurück an die frische Luft gesucht hatten. In diesem Moment hatte sie sich geschworen, Jens reinen Wein einzuschenken. Er sollte endlich wissen, dass ihr von diesen Dingern schon immer schlecht geworden war. Dass sie diese glibschige Masse nie wieder nur ihm zuliebe essen würde.

Mit zittrigen Beinen war sie zurück zu ihrem kleinen, aber feinen Hotel gelaufen. Doch wenige Meter vor dem reetgedeckten Haus war sie schließlich zusammengebrochen. Mitten auf dem Weg hatte sie das Bewusstsein verloren. Für einen kurzen Moment, wenige Sekunden bevor ihre Augen zugefallen waren, hatte sie noch einmal innegehalten. Ihr Blick war an etwas hängen geblieben. Jens hatte auf dem Balkon gestanden. Jedoch nicht, weil er nach ihr Ausschau gehalten hatte. Er war auch nicht allein gewesen. In seinem Arm stattdessen eine Frau, nicht älter als dreißig.

Als sie Minuten später im Rettungswagen wieder zu sich gekommen war, hatte sie die Bilder sofort wieder vor Augen gehabt. Und nicht nur die.

Sofort kam ihr die gratinierte Auster wieder hoch. Die vierzehn gemeinsamen Ehejahre, sie erschienen ihr in diesem Augenblick wie eine einzige Farce. Die Warnungen aus ihrem Umfeld waren keine Hirngespinste gewesen, sondern grausame Realität. Der Mann, den sie geliebt hatte, dem sie mehr als jedem anderen Menschen vertraut hatte, war nichts anderes als ein Ehebrecher. Ein Betrüger. Ein Mistkerl. Ein Schwein. Eine linke Ratte. Kurz gesagt: ein Arschloch.

Rückblickend war es wohl so, dass sie bereits in dem Moment, in dem sie in die Klinik in Westerland eingeliefert worden war, Rache geschworen hatte. All die Schmach, die sie empfunden hatte und noch immer empfand, wollte sie nicht auf sich sitzen lassen. Jens sollte dieselben Schmerzen erfahren, die er ihr zugefügt hatte. Dass sie noch während ihres Klinikaufenthalts jemanden kennengelernt hatte, der ihr helfen würde, sich an ihm zu rächen, kam ihr im Nachhinein betrachtet wie eine Schicksalsfügung vor.

»Ich weiß, dass ich damals nicht immer alles richtig gemacht habe«, unterbrach Jens plötzlich ihre Gedanken. »Aber vieles von dem, was über mich erzählt wurde, entspricht einfach nicht der Wahrheit. Und ich werde das Gefühl nicht los, dass du da etwas vollkommen missverstanden hast. Denn das, was vor einem Jahr passiert ist, als du zusammengebrochen bist, also das, was du glaubst gesehen zu haben, war völlig anders, als du denkst. Diese Frau, die mich besucht hat, während du joggen warst, das war ...«

»Sprich bitte nicht weiter, ich will es nicht hören.«

»Sie ist nicht die, für die du sie hältst«, sagte Jens.

»Tatsächlich?«, brach es aus Juliane heraus. »Und wer bitte schön ist sie dann?«

»Was ich dir jetzt sage, darf niemals jemand anderes erfahren, verstehst du?«

Juliane rutschte immer unruhiger auf ihrem Stuhl umher. Am liebsten hätte sie laut losgeschrien, ihren Mann gewürgt oder ihm den Teller mit der gratinierten Auster ins Gesicht gefeuert, doch noch musste sie sich beherrschen.

»Es fällt mir nicht leicht, darüber zu reden«, fuhr Jens mit nachdenklicher Stimme fort. »Es gibt da tatsächlich eine andere Frau in meinem Leben. Sie heißt Isabel, die Frau, mit der du mich gesehen hast.«

Juliane schluckte schwer. Er gab also zu, ein Verhältnis mit einer anderen Frau zu haben.

»Vergiss alles, was du dir in den letzten Monaten ausgemalt hast. Das mit Isabel ist verdammt kompliziert, sie ist nämlich ...«

Jens hielt inne, als ein junger Mann, nicht älter als Mitte zwanzig, an ihren Tisch trat und ihn fixierte.

»Kennen wir uns?«

»Hast du es ihm etwa noch nicht gesagt?«, fragte der Mann und blickte Juliane an.

»Wovon spricht dieser Typ?«, fragte Jens verwundert. »Wer ist er überhaupt?«

»Das ist Mark«, antwortete Juliane unsicher. »Er ist der Souschef im Fährmannshus.«

»Ich glaube, ich verstehe nicht so ganz. Woher kennst du ihn denn?«

»Bevor ich dir das verrate, sagst du mir jetzt endlich die Wahrheit. Ich will es aus deinem Mund hören. Was hattest du mit dieser Frau?« Juliane stützte sich mit beiden Armen auf dem Tisch ab, als wolle sie jeden Moment aufspringen.

»Was ich mit ihr hatte«, wiederholte Jens kopfschüttelnd. »Du glaubst also allen Ernstes, dass ich dich mit Isabel betrogen habe?«

»Alle haben mich vor dir gewarnt«, entgegnete sie. »Doch ich war so dumm, das nicht zu erkennen. Bis ich dich dann mit eigenen Augen gemeinsam mit ihr gesehen habe, innig vereint. Wie zum Teufel kannst du mir so etwas antun?«

»Willst du ihm nicht endlich sagen, was los ist?«, drängte Mark. »Oder soll ich es tun?«

»Ich kläre das, Mark.«

»Sag mir bitte, dass das nicht dein Ernst ist.« Plötzlich klang Jens verunsichert. »Du hast doch nicht tatsächlich etwas mit diesem ...« Er brach ab, als er sah, dass Mark noch einen Schritt auf ihn zukam.

»Für dich gelten also andere Maßstäbe als für mich? Du darfst mich betrügen und belügen, wie es dir passt, und von mir verlangst du, dass ich treudoof an deiner Seite bleibe.«

»Ich habe dich nicht betrogen«, sagte Jens leise. »Kein einziges Mal, seitdem ich dich zum ersten Mal geküsst habe.«

»Du glaubst ihm doch wohl nicht?«, fragte Mark aufgebracht. »Nach allem, was du mir über ihn erzählt hast. Nach allem, was zwischen uns beiden passiert ist.«

»Ich weiß überhaupt nichts mehr«, sagte Juliane. An Jens gewandt fuhr sie fort: »Ich war mir absolut sicher, dass Isabel und du ...« Sie brach ab. »Verdammt, ich war so wütend auf dich«, fuhr sie fort, nachdem sie sich wieder gesammelt hatte. Ich wollte mich an dir rächen. Nur deshalb habe ich mich auf Mark eingelassen. Das Ganze war doch nichts Ernstes.«

»Wie bitte?« Der junge Souschef blickte Juliane fassungslos an.

»Schick ihn weg«, sagte Jens hart. »Ich muss in Ruhe mit dir reden.«

»Würdest du uns bitte allein lassen, Mark. Wir sprechen nachher miteinander.«

Marc nickte und verzog seinen Mund zu einer Grimasse. Mit zusammengekniffenen Lippen entfernte er sich von ihrem Tisch.

»Sag mir jetzt endlich die Wahrheit über dich und diese Frau. Wenn sie nicht deine Affäre ist, weshalb du dann mit ihr auf dem Balkon unserer Wohnung gestanden hast?«

»Ich will es dir schon die ganze Zeit sagen, aber ich weiß nicht wie«, antwortete Jens. »Auch, weil ich weiß, dass es nicht in Isabels Sinn ist, wenn ich mit dir darüber rede. Aber um es kurz zu machen: Isabel ist meine Tochter.«

Juliane öffnete den Mund, schnappte nach Luft, doch sie blieb stumm. Kein Wort wollte über ihre Lippen dringen. Er behauptete ernsthaft, dass diese Frau seine Tochter sein sollte. Sie war bestimmt zwanzig Jahre jünger als er, biologisch wäre es also denkbar, aber sie war sich sicher, dass dem nicht so war.

»Das Ganze ist eine unbedeutende Sache vor sechsunddreißig Jahren gewesen. Mit einer Frau, die ich nur einmal getroffen habe. Ich habe selbst erst vor ein paar Jahren erfahren, dass aus dieser Affäre ein Kind entstanden ist. Vom ersten Moment an wollte ich es dir sagen, aber Isabel hat mich bekniet, es nicht zu tun. Sie war vollkommen überfordert von der Situation, plötzlich ihrem leiblichen Vater gegenüberzustehen.«

»Ich weiß nicht, was ich dazu sagen soll ...«

»Mir ist klar, dass es nicht richtig war, dich so lange im Unklaren zu lassen, aber es ist mir unheimlich wichtig, dass du verstehst, was da auf mich eingeprasselt ist. Schließlich musste ich erst einmal verarbeiten, dass ich plötzlich eine erwachsene Tochter habe.«

»Natürlich«, antwortete Juliane. »Wenn du mir verzeihst, was ich getan habe.« Sie lächelte unsicher und griff nach seiner Hand.

»Ich gebe zu, schockiert zu sein, dass du mit diesem Koch ...« Er sprach den Satz nicht zu Ende, setzte stattdessen aber den abschätzigsten Blick auf, zu dem er fähig war. »Jedoch sehe ich ein, dass ich dich mit meinem Verhalten erst dazu getrieben habe. Ich verzeihe dir also.«

»Stört es dich denn gar nicht?«

»Ich versuche nicht daran zu denken, was in den letzten Monaten passiert ist. Im Grunde kann ich dir nicht einmal einen Vorwurf machen.«

»Danke«, sagte sie beinahe flüsternd.

»Aber ich verzeihe dir nur, wenn du mich noch einmal heiratest.«

Juliane nickte, ohne ein Wort hervorzubringen.

»Dann lass uns jetzt endlich essen«, sagte er zufrieden. »Unser Lieblingsessen, ich kann es kaum erwarten.«

Juliane senkte den Kopf und blickte erneut auf ihre beiden Teller. Jeden Moment würde Jens die gratinierte Kruste auf seiner Auster aufschneiden und entdecken, was Mark ihm zubereitet hatte. Zum ersten Mal empfand sie bei dem Anblick der Muschel kein Ekelgefühl. Stattdessen huschte ein Lächeln über ihre Lippen. Sie schloss die Augen und zählte leise bis drei.

Jens' Schrei war lauter, als sie vermutet hatte. Als Juliane die Augen wieder öffnete, sah sie gerade noch, wie sich ihr Mann von ihrem Tisch abwandte und auf den teuren Parkettboden des Fährmannshus erbrach. Es vergingen einige Sekunden, dann sprang er aufgebracht auf, sodass sein Stuhl umfiel.

»Das ist nicht dein Ernst?«, rief er fassungslos. »Das hast du nicht wirklich getan?«

Juliane verzog ihren Mund zu einer schrägen Grimasse. Der Marzipanfinger, den Mark eigens mit Kunstblatt präpariert hatte und der täuschend echt aussah, erfüllte seinen Zweck. Jens schien tatsächlich zu glauben, dass der Finger, der in seiner

Auster lag, seiner Affäre Isabel gehörte. Vor allem aber deshalb, weil er mit Sicherheit erkannt hatte, was es mit dem am Marzipanfinger befindlichen Ring auf sich hatte. Juliane hatte ihn vor einigen Tagen in seiner Jacketttasche gefunden. Es war der gleiche Ring, den Jens ihr erst vor wenigen Minuten aufgesteckt hatte. Und doch war er nicht derselbe gewesen. Denn die Inschrift war eindeutig und hatte ihre letzten Zweifel beiseite gewischt.

»I + J«. Dazu ein Herz.

»Es ist vorbei, Jens«, sagte Juliane schließlich leise, aber mit fester Stimme. »Fünfzehn Jahre voller Lügen sind einfach genug.« Sie zog den Ring von ihrem Finger und legte ihn bedeutungsvoll auf den Tisch.

Im nächsten Augenblick erschien Mark erneut. Juliane erhob sich langsam von ihrem Stuhl, stellte sich neben ihn und blickte Jens triumphierend an.

»Ich hoffe, es hat Ihnen geschmeckt«, sagte Mark lächelnd. Dann legte er seinen Arm um Juliane, zog sie zu sich heran und küsste sie.

Post aus Flensburg

Lübeck

Peter Nielsen öffnete den Umschlag, den er gerade aus dem Briefkasten gefingert hatte, und wusste sofort, worum es sich handelte. Er erinnerte sich genau an die Situation vor ein paar Wochen. Er hatte wütend auf das Lenkrad seines in die Jahre gekommenen BMW geschlagen. Der rote Blitz hatte noch Sekunden später vor seinem inneren Auge gezuckt, obwohl er den Blitzer an der Neuen Hafenstraße schon längst hinter sich gelassen hatte.

Unzählige Male war er in Richtung Untertrave hinuntergefahren, und jedes einzelne Mal hatte er rechtzeitig abgebremst. Egal ob privat oder beruflich, dieser Blitzer, der erst vor einigen Jahren aufgestellt worden war, hatte ihn noch nie überlisten können. Doch in diesem Augenblick war er einen Moment zu lange mit seinem Smartphone beschäftigt gewesen.

Nielsen faltete das Schreiben der Bußgeldstelle der Hansestadt Lübeck auseinander und begann zu lesen.

Sehr geehrter Herr Nielsen,

dem Führer des PKW HL-PN 76 wird vorgeworfen, am 5. November 2015 um 17.27 Uhr in der Hansestadt Lübeck, in der Neuen Hafenstraße Rtg. Zentrum, folgende Ordnungswidrigkeit gem. § 24 Straßenverkehrsgesetz (StVG) in Verbindung mit § 49 Straßenverkehrsordnung (StVO) begangen zu haben:

Sie überschritten die zulässige Höchstgeschwindigkeit innerhalb geschlossener Ortschaften um 52 km/h; Festgestellte Geschwindigkeit (abzgl. Toleranz): 102 km/h.

Hundertzwei Stundenkilometer, die Fehlertoleranz des Messgerätes bereits inbegriffen. Verdammt. Nielsen schüttelte irritiert den Kopf. Nie im Leben war er so schnell gefahren. Vielleicht fünfundsechzig oder siebzig, aber doch keine hundertzwei.

Er wusste genau, was das bedeutete. Schließlich kannte er den Bußgeldkatalog besser als jeder andere. Zweihundertachtzig Euro Verwarngeld, zwei Punkte in Flensburg und zwei Monate Lappen weg. Letzteres spielte keine Rolle mehr. Seinen Lappen würde er unter diesen Umständen wohl für immer abgeben müssen, dafür war sein Punktekonto ohnehin schon viel zu hoch.

Nielsen schloss die Augen und dachte nach. Er musste einen Weg finden, diesem Dilemma zu entkommen. Irgendeine Story erfinden oder die Polizei davon überzeugen, dass sie einen Fehler begangen hatte. Viel Hoffnung hatte er nicht. Denn was ihn am unglaubwürdigsten machte, war letztendlich sein Vorstrafenregister in Flensburg.

Nielsens Blick wanderte weiter über den Brief. Über das abfotografierte Kennzeichen seines Wagens. Und über das Foto von ihm, das so unscharf war, dass er sich selbst kaum erkennen konnte. Er kniff die Augen zusammen und versuchte Einzelheiten auszumachen.

Das war doch nicht er, fuhr es ihm durch den Kopf. Der Typ auf dem Foto hatte Ähnlichkeit mit ihm, keine Frage. Aber die Haare waren etwas zu kurz, das Gesicht zu rund.

Nielsens Gedanken ratterten. Wenn er nicht derjenige auf dem Foto war, wer war es dann? Irgendwo in den Mühlen der Bürokratie hatte es ganz offenbar eine Verwechslung gegeben. Foto und Geschwindigkeitsmessung passten nicht zu Kennzeichen und Halter des Fahrzeugs. Wie nur sollte ihm die Polizei glauben? Schließlich war die Ähnlichkeit mit dem unbekannten Mann auf dem Foto einfach viel zu groß.

Er dachte jetzt noch angestrengter nach und massierte seine Schläfen. Spielte alle Optionen durch und verwarf das meiste sofort wieder. Letzten Endes gab es nur eine Möglichkeit, um das Gegenteil zu beweisen: Er musste denjenigen finden, der die Neue Hafenstraße mit über hundert Sachen hinunter gerast war.

Aufmerksam betrachtete er das Foto. Für einen kurzen Augenblick kam ihm sein Bruder in den Sinn. Eine vage Ähnlichkeit war nicht zu verleugnen. Vielleicht waren sie beide geblitzt worden, und jemand auf dem Amt hatte ihre Namen durcheinandergebracht. Er griff nach seinem Handy und wählte die Nummer seines Bruders. Noch bevor ein Freizeichen erklang, fiel es Nielsen wie Schuppen von den Augen, dass Ole auf Dienstreise im Ausland war. Ole, dieser geschniegelte Schleimer, dem jedes Mittel recht gewesen war, um Karriere zu machen. Er war ein erfolgreicher Manager, besaß Geld, Häuser und eine Frau, um die ihn jeder Mann beneidete.

Ole hatte das geschafft, was ihm selbst nicht vergönnt gewesen war. Er mochte ihn nicht, und er war sich sicher, dass die Abneigung auf Gegenseitigkeit beruhte.

Nielsen fixierte weiterhin das Foto. Etwas in ihm ließ ihn plötzlich glauben, den Mann schon einmal gesehen zu haben. Er versuchte sich zu erinnern, doch der lose Gedanke verschwand so schnell, wie er gekommen war. Behutsam faltete er den Brief wieder zusammen, sodass nur noch das Foto des Mannes zu erkennen war. Dann verstaute er ihn in seiner Manteltasche und trank hastig ein Glas Wasser. Ihm war eine Idee gekommen. Er kannte jemanden, der ihm vielleicht helfen konnte.

In den heruntergekommenen Räumlichkeiten in einer der Rippenstraßen in Lübecks Innenstadt ging es ruhig zu. Ruhiger als üblich zu dieser Jahreszeit, wenn sich die Detektivkanzlei von Christian Zieler in den Vorweihnachtstagen vor Aufträgen nicht mehr retten konnte. Eilig betrat Nielsen das Büro von Zieler. Sie kannten sich seit Grundschulzeiten, waren jedoch niemals enge Freunde geworden. Trotzdem liefen sie sich ständig über den Weg, meistens in den einschlägigen Kneipen auf der Altstadtinsel.

»Zille, du musst mir einen Gefallen tun.«

»Peter? Lange nichts von dir gehört. Wie läuft's?«

»Geht so«, antwortete Nielsen kurz angebunden.

»Man sieht's. Also, was kann ich für dich tun?«

Wortlos legte Nielsen seinem Gegenüber den zusammengefalteten Brief auf den Schreibtisch und zeigte auf das Foto des unbekannten Mannes.

»Erklärst du mir auch noch, was das soll?«, fragte Zieler nach einer halben Minute des Schweigens.

»Kennst du den Mann?«

»Sollte ich?«

»Hätte ja sein können. Ich muss dringend in Erfahrung bringen, um wen es sich handelt.«

»Darf ich fragen, weshalb?«

»Kannst du mir nicht einfach sagen, ob du weißt, wer das ist«, reagierte Nielsen, genervt von Zielers Fragen. »Ich habe da so eine Vermutung.«

»Ist ja gut«, antwortete Zieler beschwichtigend. »Bei dem Mann handelt es sich zweifellos um Hauke Ehlers.«

»Du meinst ...?«

»Ehlers«, wiederholte Zieler. »Genau der Ehlers.«

Nielsen nickte. Er erinnerte sich. Ehlers war ein mehrfach verurteilter Krimineller, der in regelmäßigen Abständen wegen kleinerer und größerer Delikte einsaß.

»Ist er aktuell ...?«

»Nein«, unterbrach ihn Zieler.

»Gut.« Nielsen war erleichtert.

»Verrätst du mir jetzt endlich, was diese Fragerei soll«, sagte Zieler energisch. »Oder glaubst du allen Ernstes, ich erkenne nicht, um welche Art von Foto es sich handelt? Woher hast du das?«

»Kann ich dir nicht sagen. Ich brauche aber dringend Ehlers' Adresse.«

»Was willst du denn von dem?«

»Ich muss etwas mit ihm klären«, antwortete Nielsen ausweichend.

»Was hat er jetzt schon wieder verbrochen?«

»Das wird sich zeigen. Gibst du mir die Adresse?«

»Hudekamp«, knurrte Zieler. »In einem der Hochhäuser, die Hausnummer kenne ich nicht.«

»Danke.«

»Jetzt spuck schon aus, was du bei ihm willst.«

»Ein andermal. Ich muss los.« Nielsen sprang auf und hastete aus dem Büro.

»Oder hast du selbst etwa wieder Mist gebaut?«, rief ihm Zieler hinterher, doch Nielsen hörte die Worte des Privatdetektivs längst nicht mehr.

Der Hudekamp war eine Hochhaussiedlung am westlichen Rand des Lübecker Stadtteils Buntekuh. In den siebziger Jahren errichtet, hatte sich das ehemals moderne Wohnprojekt des sozialen Wohnungsbaus innerhalb vieler Jahre zu einem sozialen Brennpunkt entwickelt.

Seit mehr als dreißig Minuten schlich Nielsen bereits von einem Hauseingang zum nächsten, ohne dass er Ehlers' Namen auf einem der Klingelschilder entdeckt hatte. Konnte es sein, dass Ehlers doch nicht hier wohnte? Oder er bei jemandem zur Untermiete lebte und sein Name nicht auf dem Klingelschild geschrieben stand?

Angespannt atmete er aus. Sollte er dem Mann überhaupt einen Besuch abstatten? Was sollte er ihn fragen? Ob er ebenfalls so einen Brief von den Behörden bekommen habe und sich vielleicht auch frage, ob es zu einer Verwechslung gekommen war?

Und dann? Wie sollte er den Mann davon überzeugen, sich der Bußgeldstelle oder der Polizei zu stellen, um die Wahrheit zu sagen. Dass er es gewesen war, der mit hundertzwei Stundenkilometern geblitzt worden war. Wenn Ehlers klug genug war, würde er alles abstreiten und sein Bußgeld, das wahrscheinlich nicht mehr als fünfzig Euro betrug, einfach zahlen.

Noch ein Haus, dann hatte er alle durch. Wieder scannte Nielsen das Klingelschild, auf dem mehrere Dutzend Namen standen. Etwa wieder ohne Erfolg?

Er wollte bereits umdrehen, als er Ehlers' Namen plötzlich entdeckte. Während er noch überlegte, ob er den Klingelknopf drücken sollte, öffnete sich plötzlich die Haustür und ein Mädchen mit großen Kopfhörern auf den Ohren trat heraus. Kurz entschlossen schlüpfte Nielsen ins Treppenhaus, wo ihm sofort beißender Gestank nach verbrannten Bratkartoffeln und Urin in die Nase drang.

Auf dem Klingelschild hatte er gesehen, dass Ehlers im vierten Stock wohnte. Mit vor das Gesicht gehaltenem Arm betrat Nielsen rasch den Fahrstuhl, in dem es jedoch nicht viel besser roch. In der vierten Etage angekommen, versuchte er sich zu orientieren. Der Flur war lang gestreckt und von deprimierender Tristesse bestimmt. Der aufgeriebene Teppich und die Pressspantüren, von denen der Lack absplitterte, zeugten von der Baufälligkeit des Hochhauses.

Für einen kurzen Moment kamen in Nielsen wieder die Zweifel auf, was er Ehlers überhaupt fragen sollte, doch schließlich schob er sie beiseite und klopfte an die Tür. Noch bevor er seine Hand zurückgezogen hatte, öffnete sich die Tür und Hauke Ehlers blickte ihn aus trüben Augen an. Es war offensichtlich, dass er nicht vollständig Herr seiner Sinne war. Entweder hatte er getrunken, Drogen konsumiert oder aber er war psychisch vollkommen am Ende. Nielsen vermutete, dass es eine Kombination aus allem war, die sein Gegenüber apathisch und gleichzeitig furchteinflößend wirken ließ.

Nielsen blickte den Mann, den er auf um die vierzig schätzte, noch aus einem anderen Grund irritiert an. Er war perplex, wie ähnlich ihm Ehlers trotz seines körperlich schlechten Zustands tatsächlich sah. Kein Wunder, dass er anfangs selbst nicht das falsche Foto in seinem Bußgeldbescheid bemerkt hatte.

»Kennen wir uns?«, fragte Ehlers und klang dabei beinahe lallend.

»Nein«, antwortete Nielsen unentschlossen. »Haben Sie dennoch einen Moment Zeit für mich?«

»Worum geht's?«, knurrte Hauke Ehlers.

»Um ...« Nielsen stockte. »Es geht um das hier«, sagte er schließlich. Er griff in seine Jackentasche, holte den Bußgeldbescheid hervor und hielt ihn Ehlers unter die Nase. »Darf ich vielleicht kurz hereinkommen? Dann können wir in Ruhe darüber sprechen.«

»Moment!«, sagte der Mann entschieden. »Was soll das werden? Was wollen Sie überhaupt von mir?«

»Ich gehe davon aus, dass Sie auch so einen Brief bekommen haben, oder etwa nicht?«

»Und?«

»Der Behörde ist da leider ein kleiner Fehler unterlaufen«, antwortete Nielsen. »Sehen Sie selbst, das hier auf dem Foto sind Sie. Es liegt also ganz offenbar eine Verwechslung vor.«

Ehlers nahm den Brief an sich und las. Es dauerte einige Sekunden, ehe er eine Reaktion zeigte. Dann brach ein schallendes Lachen aus ihm heraus.

»Was amüsiert Sie so?«

»Dass ich jetzt verstehe, weshalb Sie hier sind.«

»Das ist gut, dann sehen Sie also ein, dass der Fehler aufgeklärt werden muss?«

Ehlers lachte noch immer. Ein unheimliches, beinahe bedrohliches Lachen. Immer wieder schüttelte er dabei jedoch den Kopf.

»Haben Sie mich verstanden?«, hakte Nielsen nach. »Unsere Daten wurden versehentlich vertauscht. Ich werde für etwas beschuldigt, das Sie getan haben. Es wäre schön, wenn Sie mit zur Behörde kämen und zugeben, dass Sie derjenige auf diesem Foto sind.«

»Warum sollte ich?« Ehlers' Gesichtsausdruck veränderte sich. Das Lächeln verschwand, plötzlich wirkte er in sich gekehrt. Doch seine Augen blitzten und ließen ihn noch unheimlicher wirken. »Hauen Sie jetzt ab von hier!«, zischte er leise. »Und zwar sofort.« Ehlers warf die Tür zu.

Gerade noch rechtzeitig gelang es Nielsen, den Fuß in den Türspalt zu stellen. Mit aller Kraft stemmte er seine Schulter gegen die Tür.

»Wegen Ihnen werde ich bestimmt nicht meinen Führerschein verlieren«, keuchte er angestrengt. »Sie werden jetzt endlich zugeben, dass Sie das hier auf dem Foto sind.«

»Natürlich bin ich das«, hörte er Ehlers plötzlich rufen. »Ich werde aber einen Teufel tun, das den Bullen oder den Behörden zu verraten.«

Nielsen spürte das Adrenalin, das mit einem Mal durch seinen Körper pumpte. Seine Halsschlagader schwoll augenblicklich an. Was bildete sich dieser Typ bloß ein? Er zögerte kurz, doch dann stemmte er sich mit all seiner Kraft gegen die Tür und versuchte, sich durch den Spalt zu quetschen, um ins Innere der Wohnung zu gelangen.

Ohne Erfolg. Hauke Ehlers presste sich auf der anderen Seite mit seinem ganzen Gewicht dagegen.

»Wie schnell bin ich tatsächlich gefahren?«, fragte Ehlers plötzlich. »Was steht in dem Schreiben, das Sie bekommen haben?«

»Das interessiert Sie wohl, was?«

»Unter siebzig, habe ich recht?«

»Vierundsechzig, wenn Sie es genau wissen wollen.«

Nielsens Zorn auf Ehlers wuchs von Sekunde zu Sekunde und entfachte Kräfte in ihm, von denen er selbst überrascht war. Er machte einen Schritt zur Seite, zog seinen Fuß aus dem Türspalt und schwang sich erneut mit voller Wucht gegen die Holztür.

Ehlers' Widerstand ließ augenblicklich nach. Ein lautes Poltern war zu hören. Gefolgt von einem Zerbersten von Glas. Und dann ein schmerzerfüllter Schrei, der abrupt verstummte.

Nielsen öffnete die Tür und stolperte in die Wohnung. Sein Blick fiel auf den Boden, wo Hauke Ehlers regungslos dalag. Überall waren Scherben. Offenbar war Ehlers rücklings in eine gläserne Vitrine gefallen.

Er beugte sich hinunter und fasste Ehlers an die Halsschlagader. Nur noch ein schwaches Pulsieren war zu spüren. Nielsen erschrak, als sich plötzlich seine Hand feucht anfühlte. Erst jetzt sah er die Wunde an Ehlers' Hinterkopf, aus der große Mengen Blut austraten. Überall, in Kopf und Hals, hatten sich Splitter der Vitrine in seine Haut gebohrt.

»Verdammt!«, fluchte Nielsen. Panisch blickte er sich um. Wieder zögerte er, bis er sich schließlich abwandte und raus auf den Flur rannte. Die Tür zu Ehlers' Wohnung fiel ins Schloss.

Er hörte, dass sich im Stockwerk unter ihm Türen öffneten. Besorgte Stimmen, die sich über den plötzlichen Krach wunderten, drangen in sein Ohr. Kurz entschlossen sprang er in den

Fahrstuhl und fuhr nach unten. Bloß weg von hier! Doch das schlechte Gewissen, soeben womöglich einen Menschen umgebracht zu haben, verfolgte ihn schneller, als ihm lieb war. Als er unten angekommen war und schweißgebadet aus der Tür des heruntergekommenen Hochhauses trat, atmete er mehrmals tief ein und aus. Was auch immer gerade passiert war, niemand durfte jemals erfahren, dass er hier gewesen war. Langsam schlich er zurück zu seinem Wagen, den er etwas abseits geparkt hatte. Als er den Motor seines BMW startete und einen letzten Blick auf die Hochhäuser des Hudekamps warf, war er sich sicher, dass es nahezu unmöglich gewesen war, unbemerkt davonzukommen.

Starr vor Angst blickte Nielsen aus seiner Wohnung am Stadtpark. Was er sah, lähmte ihn. Zwei Beamte der Polizei näherten sich entschlossenen Schrittes dem Mehrfamilienhaus in der Rathenaustraße, in dem er bereits seit mehr als zehn Jahren lebte.

Obwohl er unsicher gewesen war, was er benötigte, wenn sie ihn direkt auf die Polizeiinspektion mitnahmen, hatte Nielsen einen Koffer mit Klamotten und dem Allernötigsten gepackt. Längst hatte er keinen Zweifel mehr daran, dass sie wussten, was er getan hatte. Die einzige Frage, die ihn jetzt noch beschäftigte: Würden sie ihn sofort in Untersuchungshaft stecken oder vielleicht auf Kaution freilassen, wenn sich jemand fand, der ihm half?

»Peter Nielsen?«, fragte einer der Beamten, nachdem er die Haustür geöffnet hatte.

Nielsen nickte. »Ich bin bereit«, sagte er leise. »Ich gebe alles zu.«

»Das ehrt Sie«, sagte der Polizist mit einem milden Lächeln auf den Lippen. »Ist allerdings unnötig geworden.«

Nielsen blickte den Mann verwundert an. Was hatte das zu bedeuten? War Ehlers etwa gar nicht tot? Oder hatten sie womöglich einen anderen Schuldigen ausgemacht?

»Die Sache mit Ihrem Bußgeldbescheid hat sich erledigt«, fuhr der Polizist fort. »Es lag ganz offenbar eine Verwechslung vor. Wir sind zufällig darauf gestoßen.«

»Heißt das etwa, dass ...?« Ungläubig brach Nielsen ab. Plötzlich schöpfte er neuen Mut. Offenbar waren die Polizisten gar nicht wegen Ehlers hier, sondern wegen seines verfluchten Bußgeldbescheids.

»Ja«, sagte der Polizist nickend. »Der Mann, der mit über hundert Sachen auf der Neuen Hafenstraße geblitzt wurde, waren nicht Sie. Das wissen wir jetzt. Allerdings ist der Verdächtige gestern bei einem tragischen Unfall ums Leben gekommen.«

»Unfall?«, vergewisserte sich Nielsen.

»Es sieht so aus, als wäre er sehr unglücklich gestürzt«, antwortete der Polizist. »Der Mann ist verblutet.«

»Das klingt tragisch.« Innerlich atmete Nielsen auf, aber bevor er seiner Erleichterung freien Lauf lassen konnte, musste er sich noch einige Momente zusammenreißen. Mit entschuldigender Miene nickte er den Polizisten zu und bedankte sich.

Als die beiden Beamten den Hauseingang schon fast verlassen hatten, drehte sich einer der beiden noch einmal um. Langsam, aber zielstrebig fasste er in seine Jackentasche, kramte einen Zettel hervor und hielt ihn Nielsen hin.

»Eine Sache noch«, sagte der Beamte. »Kann es sein, dass Sie den hier vergessen haben, als Sie gestern Hauke Ehlers einen Besuch abgestattet haben?«

Nielsen blickte mit versteinerter Miene auf seinen Bußgeldbescheid, den er Ehlers in die Hand gedrückt hatte. Dann klickten die Schellen an seinen Handgelenken zu.

29

Breit

St. Peter-Ording

Sommer 1997

Im ersten Moment spürte ich einen fürchterlichen Kopfschmerz. Keinen gewöhnlichen, eher einen der Sorte Kater und Prügelei am Vorabend. Doch dann nahm ich auch den Rückenschmerz wahr, der sich vom Steißbein bis zum Nacken zog.

Ich blinzelte und eine warme Morgensonne blendete mich. Jemand öffnete eine Tür. Dann noch eine. Plötzlich lautes Geschrei, hektische Anweisungen.

Ich versuchte mich aufzurichten, doch der Schmerz war zu groß. Während es mir gelang, langsam meine Augen einen kleinen Spalt zu öffnen, hörte ich plötzlich das Geräusch von klickenden Handschellen. Dann zogen mich unbekannte Hände an den Armen aus einem Auto heraus. Ich schaffte es gerade noch, einen Blick auf die Rückbank zu werfen. Doch ich verfluchte es sofort. Hätte ich bloß geahnt, welches Grauen sich mir bot, hätte ich die Augen fest verschlossen gelassen. Mir wären die Bilder dieser schrecklich zugerichteten, blutüberströmten Frauenleiche erspart geblieben.

Überall war Blut. Ich glaubte sogar, den süßlichen Geruch wahrnehmen zu können. Doch das Schlimmste war: Ich war mir sicher, die tote Frau schon einmal gesehen zu haben.

Sie brachten mich auf direktem Weg ins Gefängnis nach Itzehoe. Noch immer verstand ich kein Wort von dem, was die Beamten mir an den Kopf warfen. Sie versuchten erst gar nicht, mir zu erklären, was sie mir offenbar vorwarfen. Ohne mir meine Rechte mitzuteilen, hatten sie mich mitgenommen. Selbst meine beiden Kumpels, mit denen ich unterwegs gewesen war, hatte ich nicht mehr sehen dürfen.

Auf dem Weg in die Untersuchungshaft versuchte ich zu rekapitulieren, was passiert war. Nach und nach kamen Erinnerungsfetzen hoch. Ich verspürte plötzlich Angst. Angst davor, was geschehen war. Angst davor, was ich womöglich getan hatte. Mit einem Mal hatte ich die Bilder wieder vor Augen. Vor mehr als dreißig Stunden hatte alles angefangen.

Am frühen Nachmittag packte ich die letzten Sachen in meinen Golf und setzte mich hinters Steuer. Mein Kumpel Christian klopfte an die erste Dose Hansa Pils. Er öffnete sie mit einem wohlklingenden Zischen und trank sie in drei gierigen Schlucken aus. Er rülpste, zündete sich eine Kippe an und öffnete das nächste Bier. Gegen sechzehn Uhr war er bereits so voll, dass er den Rest unserer Fahrt ins vierhundertachtzig Kilometer entfernte St. Peter-Ording komplett verschlief. Als Sebastian kurz hinter Dortmund schlecht geworden war und er sich auf einem Rasthof erbrochen hatte, setzte ich mich an Steuer und fuhr die letzten dreihundert Kilometer bis St. Peter-Ording, während die beiden anderen auf der Rückbank schliefen. Ich genoss die Ruhe im Auto, wohl wissend, dass die nächsten Tage noch anstrengend genug werden würden.

Am Abend erreichten wir endlich den Campingplatz Hohe Düne. Wunderschön gelegen in direkter Nähe zum Strand. Wir hatten Glück und ergatterten einen der letzten freien Plätze.

Unser Hauszelt, ausgelegt für vier Personen, war schnell aufgebaut. Doch nachdem es stand, fiel uns auf, dass wir eine entscheidende Kleinigkeit vergessen hatten: die Bodenplane. Das bedeutete, dass wir auf der ausgedorrten Grasfläche schlafen und all unsere Sachen auf der staubtrockenen Erde lagern mussten.

Die Stimmung wurde nicht besser, als wir einen Blick in die Dusch- und Waschräume warfen. Die sanitären Anlagen strahlten den typischen Charme der siebziger Jahre aus. Seit mehr als zwanzig Jahren war hier keine Mark mehr investiert worden.

Der Campingplatz war bis auf wenige freie Stellen voll belegt. Ein paar Holländer und Skandinavier, doch vor allem Deutsche. Neben uns eine sechsköpfige Familie aus Thüringen in ihrem nagelneuen Wohnmobil. Vielleicht zum ersten Mal auf großer Reise. Zur anderen Seite zwei Mädchen, etwas jünger als wir, wahrscheinlich gerade mal achtzehn Jahre alt. Dem nordischen Dialekt nach zu urteilen, kamen sie von irgendwo hier oben an der Küste.

Nach einer ruhigen Nacht gingen wir am nächsten Morgen an den Strand, um eine Runde im Meer zu schwimmen. Dass der Strand gefühlt jedoch breiter als lang war, hatte ich nicht gewusst. Von der Nordsee keine Spur, stattdessen nichts als Sand.

Dass wir überhaupt nach St. Peter-Ording statt an die Adria gefahren waren, hatten wir Sebastian zu verdanken. Vielmehr seinen Eltern, die seit Jahrzehnten nirgendwo anders ihren Urlaub verbrachten. Zumindest Sebastian hätte uns also vorwarnen können, dass ein langer Fußmarsch vonnöten war, ums ans Meer zu gelangen. Ein Meer, das zu allem Überfluss auch noch so kalt war, dass ich nicht einmal meine Füße hineinhalten wollte. Irgendwie hatte ich mir das anders vorgestellt.

Unverrichteter Dinge verließen wir den Strand wieder und bummelten an der Promenade entlang. Wir aßen Backfisch in einem Restaurant in Strandnähe und zischten ein paar kühle Jever. Obwohl wir kaum Geld besaßen, ließen wir es uns gut gehen und schauten nicht auf jede Mark, die wir ausgaben. Wenigstens für ein paar Tage im Jahr wollten wir unseren Spaß haben. Danach warteten wieder Studium und Jobs auf uns.

Hinter uns im Restaurant lief tonlos ein Fernseher. Gebannt verfolgten wir, wie Jan Ullrich gerade auf dem besten Weg zu seinem Triumph bei der Tour de France war.

Nach einer Runde Aquavit bezahlten wir und standen auf. Durch die Fenster war zu erkennen, dass die Sonne plötzlich hinter dicken Wolken verschwunden war. Ein Unwetter schien aufzuziehen. Als wir das Restaurant verließen, fielen auch schon die ersten Regentropfen. Wir rannten zurück zum Camping-platz. So schnell, wie es unsere vom Alkohol wackligen Beine zuließen. Und doch viel zu langsam, um unser Zelt und unser Gepäck zu retten. Der Regen prasselte in Strömen vom Himmel. Blitze zuckten. Über der Nordsee grollte es. Wir waren klitsch-nass, als wir auf dem Campingplatz ankamen und mit ansehen mussten, wie sich mehrere große Rinnsale gebildet hatten, die unser Zelt unterspülten.

Das ganze Spektakel dauerte eine halbe Stunde, dann kehrte der Sonnenschein wieder zurück. Der ausgedörrte Boden unter unserem Zelt trocknete schnell, aber Rucksäcke, Taschen und Schlafsäcke hatten sich längst mit Wasser vollgesogen.

Wir ließen uns den Tag trotzdem nicht verderben. Am Abend war einiges los in St. Peter-Ording. Ein Radiosender veranstaltete eine Beachparty. Nach und nach strömten immer mehr zumeist Jugendliche zu der aufgebauten Bühne, auf der gerade ein DJ Musik auflegte. Es war noch immer angenehm warm. Der Wind, von dem man sagte, dass er hier oben an der Küste beständig blies, schien ebenfalls im Urlaub zu sein.

Gegen halb elf trafen wir plötzlich die Mädchen, die auf dem Campingplatz direkt neben uns ihr Zelt aufgeschlagen hatten. Sie hießen Jackie und Caro, kamen aus Schwerin und waren gerade mal neunzehn.

Jackie war die Hübschere der beiden, sie gefiel mir mit ihren kurzen blonden Haaren, der braun gebrannten Haut und einem tollen Körper. Da Sebastian und Christian sich größtenteils darauf konzentrierten, ihren Alkoholpegel konstant hoch zu halten, und Caro eher genervt wirkte, hatte ich freie Bahn. Ich flirtete, was das Zeug hielt. Mit Erfolg. Keine zwei Stunden später knutschten Jackie und ich herum, als ob es kein Morgen geben würde. Die anderen hatten den Strand mittlerweile verlassen und waren zurück zum Campingplatz gegangen. Sebastian und Christian schienen kein Problem damit zu haben, in ihren feuchten Schlafsäcken auf dem harten Boden zu schlafen.

Jackie und ich tranken noch zwei Bacardi-Cola an einer Strandbar, die lediglich aus Getränkekisten zusammengesetzt war, und küssten und fummelten, dass es mir vor all den Menschen am Strand schon fast peinlich war. Jackie ging ordentlich zur Sache, doch im Endeffekt fielen wir in der Masse der angetrunkenen Leute wahrscheinlich gar nicht auf.

Mit dem zweiten Drink stimmte irgendetwas nicht. Ich spürte es sofort. Er schmeckte normal, aber nach ein paar Minuten bekam ich furchtbare Kopfschmerzen. Ich ging vor ans Meer und hielt meinen Kopf in das kalte Wasser. Doch meine Schmerzen und das Schwindelgefühl wurden immer stärker. Ich torkelte zurück in Richtung der Strandbar, suchte Jackie und zog sie weg von dort. Das Letzte, an das ich mich erinnern konnte, war der strahlende Vollmond über der Nordsee. Danach folgte nur noch schwarz.

Ich sah, dass sich ein großes Tor öffnete und unser Wagen langsam weiterfuhr. Beim Anblick der hohen Gefängnismauern und Stacheldrähte bekam ich es mit der Angst zu tun. Ich reagierte panisch und wollte aufspringen, doch ein grimmig dreinschauender Polizist gab mir zu verstehen, dass das keine gute Idee sei. Frustriert fügte ich mich in mein Schicksal. Es lautete womöglich, unschuldig eines Mordes angeklagt zu werden. Wer bloß hatte dieses Mädchen umgebracht? Und wie zum Teufel war es in meinen Golf gekommen?

Meine Erinnerung endete kurz nach dem letzten Drink. Diese fürchterlichen Kopfschmerzen. Was war der Grund dafür gewesen? Hatte mir womöglich jemand K.-o.-Tropfen ins Glas gemischt? Jackie? Oder jemand anderes?

Verdammt. Ich ärgerte mich. Da war einfach keinerlei Erinnerung. Als hätte jemand von einem Moment zum anderen meine Festplatte gelöscht. Was war bloß geschehen zwischen dem zweiten Bacardi-Cola und meinem Wiederaufwachen im Auto? War Jackie überhaupt das Mädchen gewesen, das tot auf meiner Rückbank gelegen hatte? Ich war mir nahezu sicher, dass sie es war.

Plötzlich verspürte ich eine Scheißangst, als sich die Tür des Polizeiwagens öffnete und man mich nicht gerade zimperlich herauszog. Sie waren fest entschlossen, mich für den Tod dieses Mädchens zur Rechenschaft zu ziehen. Und ich war unfähig, auch nur irgendetwas zu meiner Verteidigung zu sagen. Was, wenn ich Jackie wirklich umgebracht hatte?

Ein Geräusch durchbrach meine Gedanken. Ein Klopfen. Ich blinzelte wieder, versuchte zu erkennen, woher das Klopfen kam. Wo waren die Polizisten? In diesem Moment hätte ich sie mir herbeigewünscht, aber mit einem Mal waren sie verschwunden.

Aus dem Klopfen wurde allmählich ein Hämmern. Immer lauter, immer durchdringender. Für einen kurzen Augenblick glaubte ich, dass die anderen Gefängnisinsassen den Lärm verursachten, indem sie mit ihren Fressnäpfen gegen die Gitterstäbe schlugen. Doch dann öffnete ich meine Augen, fuhr hoch und versuchte zu verstehen, was ich sah.

Ich saß hinter dem Steuer meines Golfs. Mit heruntergelassener Hose. Durch die Frontscheibe erkannte ich den Wohnwagen der Ossis. Im Rückspiegel das Zelt der beiden Mädels. Die Mädels. Jackie. Ich fuhr herum und blickte auf die Rückbank. Nichts. Keine Jackie. Keine Frauenleiche.

Das Klopfen wurde lauter. Stimmen waren zu hören. Dann wurde die Fahrertür aufgerissen und jemand zog mich heraus. Ein Polizist. Hatte ich etwa doch nicht geträumt?

Wortlos wurde ich zu unserem Zelt geschleppt, wo Sebastian und Christian umringt von weiteren Polizisten warteten.

»Was wollen die von uns?«, rief ich schon von Weitem.

»Das solltest du am besten wissen«, antwortete Sebastian aufgebracht. »Was hast du mit ihr gemacht?«

»Mit wem?«

»Na, mit dieser Jackie. Sie ist verschwunden.«

»Keine Ahnung, wo sie steckt. Ich habe den totalen Filmriss.«

»Was weißt du denn noch?«

»Das Letzte, an das ich mich erinnere, ist diese Strandbar abseits von der Bühne. Dieser Bacardi-Cola war irgendwie ...«

»Ihr seid hier gewesen«, unterbrach mich Sebastian. »Ihr habt's wie die Kaninchen auf dem Rücksitz deines Wagens getrieben. Der halbe Campingplatz hat euch gehört.«

»Du machst einen Scherz, oder?«

Sebastian schüttelte den Kopf.

Scheiße. Verdammte Scheiße. Was um Himmels willen war letzte Nacht bloß geschehen? Und vor allem, wo war Jackie?

Mit einem Mal hörte ich wieder dieses Klopfen. Mein Kopf dröhnte. Die Schmerzen im Rücken waren kaum zu ertragen. Alles um mich herum verschwamm zu einem unklaren Einerlei. Ich blinzelte und hatte mit einem Mal erneut das Gefühl, alles nur geträumt zu haben.

Das Klopfen wurde immer lauter. Immer energischer. Ich drehte mich zur Seite und blickte aus dem Fenster. Direkt in Jackies Augen. Ich erschrak, als ich ihr blutüberströmtes Gesicht sah. An ihrer Stirn klaffte eine große Wunde. Wieder überkam mich dieses Angstgefühl. Angst davor, dass etwas Schreckliches passiert war.

Das Klopfen wurde noch lauter. Die Stimmen um mich herum immer durchdringender. Ich blinzelte und fand mich auf einmal in einer anderen Szenerie wieder. Die warmen Pastelltöne des Zimmers, in dem ich mich zu befinden schien, wirkten beruhigend, dennoch ließ mich die Angst nicht mehr los.

Der Arzt, der sich über mich beugte, sah vertrauensvoll aus. Im Hintergrund erkannte ich Sebastian und Christian. Nach und nach verstand ich, dass all meine Sorgen unbegründet gewesen waren. Ich hatte lediglich geträumt.

»Hallo«, flüsterte ich.

»Bleiben Sie bitte ruhig«, antwortete der Arzt mit ernster Miene. »Alles, was Sie sagen, könnte gegen Sie verwendet werden. Die Beamten der Kripo warten draußen.«

»Wovon sprechen Sie?«, fragte ich kopfschüttelnd. »Wo ist sie? Wo ist Jackie?«

Sie alle sahen mich nachdenklich an und wichen einen Schritt zurück. Es schien fast so, als hielten sie mich für verrückt. Komplett durchgedreht, wahnsinnig geworden. Vielleicht hatten sie recht.

»Offenbar kann er sich infolge des Unfalls nicht mehr erinnern«, flüsterte der Arzt in Richtung Sebastian und Christian. »Schweres Schleudertrauma.«

»Woran kann ich mich nicht mehr erinnern?«, fragte ich aufgeregt und versuchte mich aufzubäumen. Doch etwas hielt mich zurück. Ich sah an mir herunter und erkannte, dass ich festgeschnallt war.

Im nächsten Augenblick erreichte das Klopfen einen neuen Höhepunkt. Es hämmerte derart laut, dass ich mir reflexartig die Ohren zuhielt. Ohne Erfolg. Mein Kopf schien zu platzen. Ich riss die Augen auf und suchte nach bekannten Gesichtern. Doch erneut hatte sich die Umgebung geändert. Mit einem Mal waren da diese Bilder. In schneller Abfolge schossen sie in meinen Kopf. Schrecklich und verstörend. Der Strand. Der Drink und seine seltsame Wirkung. Jackie. Der Sex auf der Rückbank. Diese Schnapsidee, mitten in der Nacht einfach wegzufahren, durchzubrennen. Und dann dieses Auto, das uns entgegengekommen war und mich geblendet hatte. Dem Baum, dem ich nicht mehr hatte ausweichen können.

Ich fühlte mich gefangen. Blickte angsterfüllt zur Seite und sah Jackie auf dem Beifahrersitz. Ich brauchte nur wenige Sekunden, um zu verstehen, dass sie tot war.

Jemand rüttelte an der Fahrertür. In der Dunkelheit erkannte ich Polizisten und Rettungskräfte. Sie gestikulierten und schrien unverständliche Dinge in die Nacht. Es gelang ihnen jedoch nicht, die Tür meines zerstörten Golf zu öffnen.

Ich sah an mir herunter. Noch immer gefangen im Gurt. Ich roch das Blut, das aus meinem Körper trat. Doch plötzlich ließen die Schmerzen nach. Es war, als entspannte ich. Dann realisierte ich, dass meine abstrusen Gedanken in den letzten Minuten nur ein letztes Aufbäumen gewesen waren. Denn in Wirklichkeit wartete in wenigen Sekunden der Tod auf mich.

Wir lagen vor Travemünde...

... und hatten das Virus an Bord, brummte Andresen mit Galgenhumor.

Es roch nach Noro. Auf dem gesamten Schiff. Vielleicht auch nach Rota. Selbst Salmonellen konnten nicht ausgeschlossen werden. L'odore del mare bekam eine völlig neue Bedeutung an Bord der *MS Bellissima*.

Noch immer waren sich die selbstgefälligen Ärzte uneins. Die Symptome seien kaum zu unterscheiden, hieß es. Klar war nur, dass sie das volle Programm hervorriefen: Magen und Darm. Fieber mit Schüttelfrost. Entsetzliche Kopf- und Gliederschmerzen. Bestimmt hatten sich die Halbgötter in Weiß bereits selbst angesteckt. Ob sie die eigentlichen Multiplikatoren waren?

Heute war der achte Tag ihrer Reise. Traumhafte Tage lagen hinter Kriminalhauptkommissar Birger Andresen und seiner Freundin Wiebke Hennings. Sie waren durch Tallins pittoreske Altstadt geschlendert, durch die Schärenlandschaft vor der finnischen Küste geschippert, hatten den Prunk der alten Zarenstadt St. Petersburg bewundert und die Kneipen Stockholms kennengelernt. Alles war perfekt gewesen. Doch kurz nach dem Auslaufen aus Helsinki hatte Wiebke plötzlich über Unwohlsein geklagt. Anfangs hatte sie noch befürchtet, mit ihrem Bauch sei etwas nicht in Ordnung. Sie war im siebten Monat, vielleicht hatte sie die Aufregung der stressigen Reisevorbereitungen doch nicht so einfach weggesteckt. Seekrankheit konnte sie jedenfalls ausschließen. Das Meer war spiegelglatt, der August zeigte sich von seiner besten Seite. Außerdem war sie Seglerin und so einiges gewohnt. Doch hinter Gotland – nachdem sie den Hafen

Stockholms verlassen hatten – war klar gewesen, dass ihre Übelkeit nichts mit Marlene, ihrer ungeborenen Tochter, zu tun hatte. Immer mehr der tausendachthundert Passagiere und fünfhundert Besatzungsmitglieder klagten über dieselben Beschwerden.

Es war so schnell gekommen, dass Wiebke es nicht einmal mehr bis in ihre Kabine geschafft hatte. Ein geschniegelter Steward hatte die Reste des Erbrochenen schließlich von der Reling gewischt. Als dann auch noch ihr Darm nachzugeben schien, nahm sie ihre letzten Kräfte zusammen und rannte zurück auf Deck 8, wo ihre Backbordkabine lag.

Birger Andresen saß auf der Kante ihres gemütlichen einsachtzig breiten Bettes mit Meerblick und reichte Wiebke eine Tasse Kamillentee. Sie nippte vorsichtig, drückte Andresen die Tasse wieder in die Hand und ließ erschöpft ihren Kopf auf das Kissen fallen. Es dauerte eine halbe Minute, ehe sie aufsprang und an ihm vorbei in die Nasszelle stürmte.

Andresen machte sich schwere Vorwürfe. Das Ganze mit dieser idiotischen Kreuzfahrt war seine Idee gewesen. Bevor die Kleine zur Welt käme und sich ihr Leben verändern würde, wollte er Wiebke eine ganz besondere Freude machen. Ihr und auch sich selbst den Luxus einer Ostseekreuzfahrt gönnen. Kopenhagen, Tallinn, St. Petersburg, Helsinki, Stockholm, Gdansk, Lübeck, Kopenhagen. Außenkabine. Für schlappe dreitausend Euro. Er konnte sich nicht daran erinnern, schon einmal so viel Geld für einen Urlaub ausgegeben zu haben. Sein letzter *richtiger* Urlaub lag allerdings auch schon eine halbe Ewigkeit zurück. Mit Rita, seiner Exfrau, hatte er zwei Wochen in einem All-inclusive-Hotel in Agadir verbracht. Bereits am zweiten Tag hatte er angefangen, diese Art Urlaub aus tiefstem Herzen zu hassen und fadenscheinige Gründe zu suchen, den Aufenthalt vorzeitig zu beenden.

Und diese Kreuzfahrtreise? War sie nicht auch nur ein All-inclusive-Urlaub in einem riesigen schwimmenden Hotel? Mit all den schlechten Angewohnheiten der Gäste. Dem Horten der Speisen am Buffet, den gestreckten Getränken an den Bars und dem missmutigen Personal, das noch niemals etwas davon gehört hatte, dass der – zugegebenermaßen anstrengende und bisweilen unverschämte – Kunde König war.

Nein, musste Andresen zugeben. Dies hier war anders. Eine andere Qualität, ein anderer Anspruch. Und durchaus abwechslungsreich. Vor allem die Landgänge, die sie individuell, fernab der großen Gruppen, verbracht hatten, waren die Reise wert gewesen. Nicht unbedingt Andresens Traum von einem Urlaub, aber doch etwas, an dem er von Tag zu Tag mehr Gefallen gefunden hatte. Wenn nur nicht dieses beschissene Virus dazwischengekommen wäre. Bei dem Gedanken an das *beschissene* Virus verzog er seinen Mund zu einem sarkastischen Lächeln.

Ob er selbst schon infiziert war? Die Wahrscheinlichkeit war hoch, hatte er doch seit dem Ausbruch der Krankheit bei Wiebke fast ununterbrochen an ihrem Bett gewacht. Einer der Bordärzte, ein italienischer Ladykiller mit stahlblauen Augen, war kurz in ihrer Kabine gewesen und hatte Entwarnung gegeben. Ein Magen-Darm-Virus würde dem ungeborenen Kind nicht schaden, solange Wiebke sich absolute Bettruhe verordnete.

»Sie sind ja witzig!«, hatte sie herausgepresst. »Ich bin froh, wenn ich es bis zur Toilette schaffe.«

Dottore Zambrotta hatte wortlos eine Infusion gelegt, die verhindern sollte, dass Wiebke dehydrierte, und war gegangen. Der nächste Patient in einer der benachbarten Kabinen wartete bestimmt schon.

Am Abend spürte Andresen, dass es auch ihn in Kürze erwischen würde. Seine Beine fühlten sich schwer an und sein Bauch blähte sich unnatürlich auf. Wiebke war endlich eingeschlafen. Ihr Magen hatte sich ein wenig beruhigt, lediglich die Tritte der kleinen Marlene sorgten für etwas Aufruhr in ihrem Bauch. Andresen wanderte durch die geräumige Kabine und dachte darüber nach, wie es wohl weitergehen würde. Vor einer halben Stunde hatte es eine Durchsage gegeben, dass sich das Schiff auf dem Weg von Gdansk nach Lübeck befand, wo man vorerst auf Reede liegen würde und darauf hoffte, schon bald anlegen und die Passagiere von Bord lassen zu können.

Das schummrige Licht machte ihn müde. Er hatte Hunger, ahnte aber, was folgen würde, wenn er sich jetzt den Bauch am Buffet vollschlug. Er trat auf den kleinen Balkon und sah auf das friedlich daliegende Wasser der Ostsee. Wenn schon nicht das Meer tobte, dann wenigstens die Mägen der Menschen. Sie hatten zwar im Laufe ihrer geistigen Evolution einen Weg gefunden, das Wasser trockenen Fußes zu überqueren – und das auch noch in luxuriöser Art und Weise –, doch gegen ein Virus in ihren Körpern konnten sie kaum etwas ausrichten.

Es klopfte an der Tür. Wahrscheinlich der zuvorkommende Zimmerservice. Oder der schmierige Arzt. Er schlüpfte wieder ins Innere und bewegte sich in Richtung Kabinentür. Ein weißer Zettel war unter der Tür hindurchgeschoben worden. Bevor er ihn aufhob, riss er die Tür auf und sah hinaus auf den Gang. Es war niemand zu sehen. Die Kabine lag nicht allzu weit vom Atrium entfernt, in dem es von Menschen – zumindest dann, wenn kein Virus auf dem Schiff grassierte –, Treppenaufgängen und Fahrstühlen nur so wimmelte. Der unbekannte Türklopfer war offenbar bereits wieder in den Weiten des Schiffes verschwunden.

Andresen ging kopfschüttelnd zurück in die Kabine und bückte sich nach dem zusammengefalteten Zettel. In dem Moment spürte er ein schmerzhaftes Reißen im Unterleib und ein deutlich hörbares Gluckern schallte aus seinem Bauch. Vorsichtig richtete er sich auf. Bemüht, keine falsche Bewegung zu machen, die für ein Unglück gesorgt hätte...

Noch war es das Grummeln vor dem großen Sturm. Kein Land in Sicht. Er atmete tief durch und faltete gespannt den Zettel auseinander. Sein erster Blick fiel auf die schwer leserliche Signatur, die unter der handgeschriebenen Nachricht herausragte. Andresen rieb sich die Augen, glaubte im ersten Moment, sich verlesen zu haben. Dann folgte sein Blick den Zeilen erneut:

Komm bitte schnell an Deck! Wir müssen dringend reden!

Willi

Willi? Er kannte nur einen Willi. Und das war Kriminaloberkommissar Willi Wibel, sein ehemaliger Kollege, der vor fast zwei Jahren aus gesundheitlichen Gründen in Vorruhestand gegangen war. Der schmächtige Willi mit der Halbglatze, den er noch nie in etwas anderem als seinem anthrazitfarbenen Pullover und der hellgrauen Flanellhose gesehen hatte. Der Willi, der es so gut wie kein anderer im Präsidium verstanden hatte, sich um Arbeit herumzudrücken, und dennoch aufgrund seiner freundlichen Art bei allen beliebt gewesen war. Konnte es tatsächlich sein, dass er an Bord war? Nur warum hatte er ihn in den vergangenen sieben Tagen nicht gesehen? So groß das Schiff auch war, Willi wäre ihm doch aufgefallen. Und weshalb tat er jetzt so geheimnisvoll und wollte, dass er an Deck kam?

Andresen setzte sich wieder auf die Bettkante und befühlte Wiebkes Stirn. Ihr Fieber hatte nachgelassen, sie schlief noch immer tief und fest.

Warum wollte Willi mit ihm reden?, fuhr es ihm durch den Kopf. Willi! Ausgerechnet Willi. Er konnte nicht so recht glauben, dass er an Bord war.

Andresens Magen ächzte. Sollte er in diesem Zustand wirklich an Deck gehen?

Komm bitte schnell an Deck! Wir müssen dringend reden!

Willis Worte waren ernst gemeint. Und je länger Andresen auf den weißen Zettel in seinen Händen blickte, desto beunruhigter war er. Er biss die Zähne zusammen, überwand die schmerzenden Glieder und den lädierten Magen und raffte sich auf. Ohne dass Wiebke wach wurde, stahl er sich aus der Kabine und lief in Richtung Atrium. Im nächsten Moment wurde ihm die Unsinnigkeit seines Vorhabens deutlich. Die *MS Bellissima* maß mehr als zweihundertdreißig Meter in der Länge, dreißig Meter in der Breite und besaß zudem mehrere Freidecks sowie einen eindrucksvollen Poolbereich. Hinzu kam, dass die Sonne mittlerweile untergegangen war und sich eine dunkle wolkenverhangene Nacht über die Ostsee gesenkt hatte. Wie um alles in der Welt sollte er Willi finden? Was hatte er sich bloß dabei gedacht, ihm diese unkonkrete Nachricht zu hinterlassen? Andresens Zögern schlug in Unverständnis für den ehemaligen Kollegen um.

Zwanzig Minuten später hatte Andresen das große obere Promenadendeck einmal komplett umlaufen, ohne Willi Wibel oder irgendeinem anderen Willi begegnet zu sein. Überhaupt war er nur einer Handvoll Menschen über den Weg gelaufen. Die meisten hatten sich in ihren Kabinen verbarrikadiert: die Gesunden in der trügerischen Hoffnung, sich nicht anzustecken. Die Kranken, weil ihnen das Virus sämtliche Lebenskräfte geraubt hatte.

Im Heckbereich des Schiffes verliefen die Deckaufbauten leicht stufenförmig. Er stand an der Reling und betrachtete das wie ein Entenschwanz lang gezogene Heck im Schatten der riesigen Aufbauten. Dann fiel sein Blick in das dunkle Wasser und er sah, wie das Schiff durch die flachen Wellen glitt. Mit einem Mal spürte er die Bewegung des Stahlklotzes. Kraftvoll, aber elegant. Das leise Rauschen des Wassers und das dumpfe

Brummen der Maschinen klangen in seinen Ohren. Unter normalen Umständen hätte er sich noch stundenlang den angenehm frischen Wind um die Nase wehen lassen können, doch heute waren das Gefühl der Bewegung und jedes noch so kleine Schaukeln die Höchststrafe für seinen Magen.

Plötzlich horchte er. Auf dem mit Holzplanken verkleideten Stahl vor den Schwimmbecken und Whirlpools waren Schritte zu hören. Offenbar schien auch auf dem Sonnendeck unter ihm jemand die Abendluft genießen zu wollen. Vielleicht Willi?

Andresen lehnte sich über die Reling und versuchte zu erkennen, was unter ihm auf dem Sonnendeck vor sich ging. Er meinte, jemanden in gebückter Haltung sehen zu können. Die Person schien nicht mehr die jüngste zu sein, zumindest deuteten die schwerfälligen Bewegungen darauf hin. In der Dunkelheit war es Andresen jedoch unmöglich, Einzelheiten auszumachen.

»Willi, bist du es?«, rief Andresen, ohne lange zu überlegen.

Die dunkel gekleidete Person schrak hoch und richtete sich rasch auf. Dann verschwand sie, indem sie mit wenigen Schritten unter einen Vorsprung schlüpfte und schließlich ins Innere des Schiffes flüchtete, wie es das leise Zufallen einer Tür verriet.

Andresen zögerte. Er sah hinunter und versuchte seinen Blick in der Dunkelheit weiter zu schärfen. Dort, wo er eben noch den oder die Unbekannte in gehockter Position gesehen hatte, lag jemand bäuchlings auf den Holzbohlen. Die Person schien sich nicht zu bewegen.

»Willi!«, rief er erneut.

Wieder keine Antwort.

»Willi, bist du das?«

Nichts.

Einen Moment lang überlegte Andresen, über die Reling zu klettern und einfach auf das Deck unter ihm hinunterzuspringen, doch Dunkelheit und Höhe hielten ihn davon ab. Er nahm die erstbeste Tür ins Innere des Schiffes, lief in Richtung eines Treppengangs und befand sich schon wenige Augenblicke später vor einer Glastür, die hinaus auf das Sonnendeck führte. Normalerweise war das Sonnendeck selbst in den Abendstunden ein beliebter Treffpunkt für badelustige Nachtschwärmer. Doch heute erinnerte es an ein Geisterschiff aus einem amerikanischen Endzeitfilm.

Der reglose Körper lag in der Nähe einiger Liegestühle. Andresen ging langsam auf ihn zu, während er seinen Blick über den Rest des Außenbereichs gleiten ließ. Noch bevor er sich zu der Person hinunter gebeugt hatte, war er sich sicher, dass der Mann, dessen Kopf eine klaffende Platzwunde aufwies, tot war. Und er wusste, dass er mit seiner Vermutung richtig gelegen hatte. Vor ihm lag sein ehemaliger Kollege Willi Wibel.

Dottore Zambrotta hatte Willis Tod offiziell um kurz nach neun festgestellt. Zwanzig Minuten waren vergangen, seitdem Andresen die unbekannte Person vom Sonnendeck hatte flüchten sehen und er anschließend die grausige Entdeckung gemacht hatte. Noch grauenhafter war jedoch das, was ihm jetzt bevorstand. Er atmete tief aus und klopfte an die Kabinentür. Eine schlanke, hochgewachsene Frau um die sechzig öffnete unmittelbar. Ihr modischer Pagenschnitt, die elegante Kleidung und der auffällige Schmuck an Hals und Armen ließen sie jünger erscheinen. Andresen war überrascht, denn optisch schien sie so gar nicht zum unscheinbaren Willi zu passen. Sie sah gehetzt aus, offenbar hatte sie sich noch nicht zu Bett gelegt.

»Kommissar Andresen mein Name, entschuldigen Sie die späte Störung«, stellte er sich vor. »Sind Sie Gudrun Liebert? Wir kennen uns nicht. Ich habe viele Jahre mit Ihrem Mann zusammengearbeitet.«

»Ist etwas mit Willi?«, fragte die Frau mit nervöser Miene.

»Darf ich hereinkommen?«

Gudrun Liebert nickte und trat einen Schritt zur Seite. Andresen sah sie mit ernstem Blick an und suchte nach den richtigen Worten. »Ihr Mann ... ich meine Willi ... er ist tot«, brachte er schließlich hervor. »Wir haben ihn vorhin auf dem Außendeck gefunden. Er ist über die Reling des Panoramadecks gestürzt. Ich glaube, er war sofort tot.«

»Mein Gott!« Ihre Mundwinkel verzogen sich. Es war, als würde sie gleichzeitig lachen und zucken. Dann liefen auch schon die Tränen.

»Wie ist es passiert?«

»Das wissen wir noch nicht«, antwortete Andresen ehrlich. »Wahrscheinlich ein tragischer Unfall, vielleicht hat er sich zu weit über die Reling gebeugt.«

»Wir wollten doch morgen von Bord gehen«, rang Gudrun Liebert nach Worten. »Was mache ich denn jetzt ohne meinen Willi?«

»Es tut mir wirklich leid für Sie«, sagte Andresen hölzern. »Wann haben Sie ihn denn zuletzt gesehen?« Er zog ein Taschentuch hervor und reichte es ihr.

»Weiß nicht«, schluchzte sie. »So vor einer Stunde, glaube ich. Er wollte frische Luft schnappen, weil er es hier nicht mehr ausgehalten hat.«

»Hatte er das Virus?«

»Nein, wir beide waren sehr vorsichtig.«

Andresen nickte. »Frau Liebert, sind Sie damit einverstanden, dass der Bordarzt sich kurz mit Ihnen unterhält? Wahrscheinlich müssen Sie Ihren Mann identifizieren.«

Sie schluckte schwer und kämpfte wieder mit den Tränen.

»Eine Sache noch.« Andresen kramte den Zettel, den ihm Willi Wibel unter der Tür durchgeschoben hatte, hervor und hielt ihn seiner Frau hin. »Ist das die Handschrift Ihres Mannes?«

Sie beugte sich vor und sah kopfschüttelnd auf den Zettel. »Ja, kann sein. Was hat denn das zu bedeuten?«

»Das weiß ich auch noch nicht, aber ich werde es herausfinden«, antwortete Andresen und drängte sich an Gudrun Liebert vorbei aus der Kabine. Die unbekannte Person, die sich über Willis Körper gebeugt hatte, erwähnte er nicht. Dafür war es noch zu früh.

Um halb acht wurde Andresen von dem Geräusch seines gluckernden Magens geweckt. Trotz der Turbulenzen in seinem Körperinneren schien das Virus bei ihm nur in abgeschwächter Form sein Unwesen zu treiben. Zumindest hatte er bislang noch alles an sich halten können. Wiebke schlief noch immer. Sie hatte sich ein paar Mal hin und her gewunden. Mehr aber auch nicht. Das Virus in ihr schien allmählich schwächer zu werden.

Seit einigen Stunden lagen sie nun schon in der Lübecker Bucht vor Travemünde auf Reede. Der Bug der *MS Bellissima* zeigte direkt auf das *MARITIM*-Hotel. Das Schiff stand noch immer unter Quarantäne, obwohl die Zahl der Neuinfizierten über Nacht gesunken war und viele der Erkrankten bereits auf dem Weg der Besserung waren. Andresen hatte bis spät in die Nacht mit dem Kapitän und dem ersten Offizier des Schiffes zusammengesessen und über den Tod seines ehemaligen Kollegen und seine seltsame Beobachtung gesprochen. Noch war er unschlüssig. Natürlich konnte es sich bei der unbekannten Person um jemanden gehandelt haben, der Willi zufällig gefunden und nach seinem Pulsschlag gefühlt hatte. Nur warum war die Person dann sofort geflüchtet, als Andresen Willis Namen gerufen hatte? Und außerdem diese Nachricht, die Willi ihm unter der Tür hindurch geschoben hatte – weshalb hatte er so dringend mit ihm reden wollen, nachdem sie sich sieben Tage lang an Bord nicht über den Weg gelaufen waren?

Noch in der Nacht hatte Andresen versucht, Kontakt zu seinen Kollegen im Lübecker Polizeipräsidium aufzunehmen, doch außer der Einsatzleitung der Schutzpolizei hatte er niemanden erreichen können. Die Wasserschutzpolizei war gegen halb zwei – kurz nachdem sie geankert hatten – zusammen mit zwei jüngeren Technikern der Spurensicherung an Bord gekommen, um Fotos von Willis Leichnam zu machen und eventuelle Spuren auf dem Sonnendeck oder an der Reling zu sichern.

Um kurz vor halb drei war Andresen endlich eingedöst. Ein merkwürdiges, noch nicht greifbares Gefühl, dass Willis Tod vielleicht kein Unfall gewesen war, hatte ihn in den Schlaf begleitet.

Was war es gewesen, das er in Gudrun Lieberts Augen gesehen hatte?, sinnierte er, als er auf dem kleinen Balkon stand und auf die in der Morgensonne so anmutig daliegende Ostsee blickte. Irgendetwas an ihr war sonderbar gewesen, als sie vor ihm gestanden hatte. *Dringend mit dir reden*, ging es ihm wieder durch den Kopf. Was hatte Willi ihm sagen wollen? Und warum war seine Frau bereits so aufgelöst gewesen, noch bevor er die Todesnachricht übermittelt hatte?

Andresens Handy klingelte. Endlich hatte er wieder Netz und war nicht mehr auf das Bordsatellitentelefon angewiesen. Das Präsidium war ebenfalls erwacht.

»Hallo Julia«, sagte er leise, um Wiebke nicht zu wecken. »Weißt du schon, was passiert ist?«

»Ja, Sibius hat mich heute Morgen aus dem Bett geklingelt«, antwortete Kriminalkommissarin Julia Winter. »Ausgerechnet Willi, ich saß anfangs doch sogar mit ihm in einem Büro. Schrecklich! Erzähl, was hat es mit dieser unbekannten Person auf sich, die du gesehen hast?«

Andresen berichtete ihr in aller Kürze von seiner Beobachtung und der Nachricht von Willi. Dann kam er auf Gudrun Liebert zu sprechen: »Irgendwie wirkte sie seltsam, einerseits geschockt, andererseits aber auch merkwürdig unbeteiligt. Hat Willi in deiner Gegenwart mal von ihr gesprochen?«

»Nein. Jetzt, wo du mich fragst – er hat sie nie erwähnt. Er hat immer nur von seinem Hobby erzählt.«

»Was war denn das noch gleich?«, hakte Andresen ein.

»Er wollte doch eines Tages seine Memoiren herausbringen, weil er glaubte, dass es Leute geben würde, die das interessieren könne. Nicht einmal das ...«

»Hat er eigentlich noch seinen Spind?«, unterbrach Andresen seine Kollegin.

»Ich glaube schon. Soll ich nachsehen?«

»Ja, bitte. Ich würde gerne mehr über seine Frau erfahren.«

»Du glaubst nicht an einen Unfall, oder?«, fragte Julia.

»Keine Ahnung«, antwortete Andresen entschieden. »Diese Nachricht und die dunkel gekleidete Person ... irgendwas stimmt da nicht.«

»Denkst du an Mord?«

»Ich denke an alles Mögliche. Wer weiß, wie es um ihn stand? Vielleicht war seine Krankheit wieder zurück.«

»Krebs?«, fragte Julia überrascht. »Mir hat er nie gesagt, was der wahre Grund für sein Ausscheiden war.«

»Prostata«, sagte Andresen betroffen.

»Meinst du, er hat ...?«

»Wir brauchen seine Memoiren, um darauf eine Antwort zu finden.« Andresen ließ seine Kollegin nicht aussprechen. »Vielleicht findest du in seinem Spind etwas. Ich spreche gleich noch mal mit seiner Frau. Meld' dich, sobald du etwas weißt.« Andresen legte auf und ließ seinen Blick erneut über das Meer und den Ostseestrand gleiten. Da lag sie, Lübecks schönste

Tochter. So schön fand Andresen sie gar nicht. Der Strand zu breit und künstlich, die Dünen nicht vorhanden, die Gebäude zu wuchtig und die Menschen zu alt. Und trotzdem zog es ihn immer wieder hierhin zurück.

Dringend mit dir reden.

Was war es nur gewesen, das Willi ihm sagen wollte? Plötzlich überfiel Andresen ein Gefühl der Schuld, nicht schnell genug reagiert zu haben. Was, wenn er Willi von einem Sprung über die Reling hätte abhalten können? Oder was, wenn er die unbekannte Person daran hätte hindern können, Willi hinunterzustürzen?

»Guten Morgen.«

Eine vertraute Stimme drang in seine Ohren. Wiebke war aufgewacht. Er drehte sich zu ihr um und trat ans Bett. »Wie geht es dir?«, fragte er besorgt.

»Besser.«

Sie räkelte sich und sah schon wieder etwas gesünder aus. Es war so, wie es Zambrotta gesagt hatte. Das Virus ging so schnell, wie es gekommen war.

»Wie lange habe ich denn geschlafen?«

Andresen sah auf seine Armbanduhr und schmunzelte. »Fast fünfzehn Stunden, ordentliche Leistung.«

»Habe ich etwas verpasst?«

Er schluckte und wandte sich von ihr ab. Sollte er ihr sagen, was passiert war?

»Sag nicht, dich hat es auch erwischt«, deutete sie sein Verhalten fehl.

»Doch, aber nicht so schwer.« Andresen atmete durch. »Die Nacht war dennoch kurz.« Er erzählte Wiebke, was geschehen war, und führte sich ein weiteres Mal vor Augen, dass Willi tot war. Je länger er darüber nachdachte, desto weniger konnte er sich vorstellen, dass es ein tragisches Unglück gewesen war.

Mord oder Selbstmord? Nur diese beiden Möglichkeiten blieben. Er musste es herausfinden.

Gudrun Liebert hatte offenbar auch kaum geschlafen. Ihr Blick war glasig, die Ringe unter den Augen mattgrau. Die Pupillen wanderten nervös hin und her, als sie Andresen gegenüberstand.

Andresen kam sofort zur Sache. »Ich muss noch einmal mit Ihnen reden. Der Tod Ihres Mannes lässt einige Fragen offen.«

»Warum denn?«, fragte sie unwirsch. »Ich meine, er ist doch gestürzt, oder nicht?«

»Genau«, antwortete Andresen, »er ist gestürzt. Wir wissen allerdings noch nicht, warum er gestürzt ist.«

»Ich verstehe nicht, wovon Sie reden.«

»Wie stand es um Willis Krankheit?« Andresen verzichtete auf eine Erklärung, er wollte wissen, was tatsächlich passiert war.

»Hören Sie, Willi hat immer gut von Ihnen geredet, aber das geht nun wirklich etwas zu weit. Haben Sie denn keinen Anstand? Mein Mann ist vor nicht einmal zwölf Stunden verstorben.«

»War der Krebs wieder ausgebrochen?«, fragte Andresen unbeeindruckt.

»Nein!«, entgegnete sie entrüstet. »Wie kommen Sie denn darauf? Willi erfreute sich bester Gesundheit.«

»Was wissen Sie über seine Memoiren?« Er ließ nicht locker.

»Nichts, er hat nie darüber gesprochen«, wiegelte sie ab.

»Sie wollen mir sagen, dass Willi Ihnen ...«

Sein Handy klingelte erneut und unterbrach das Gespräch. Er entschuldigte sich und verschwand im Badezimmer, als er sah, wer ihn anrief.

»Hast du etwas herausgefunden?«, fragte er leise.

Gespannt lauschte er Julias Worten. Andresen war nervös, erhoffte er sich doch eine Erklärung für Willis Tod. Nach ein paar Sekunden veränderte sich seine Miene. Er schüttelte den Kopf, verneinte energisch ihre Behauptungen und wiederholte immer wieder die Worte: »Du musst dich vertun! Das ist unmöglich!«

»Das ist noch nicht alles«, sagte Julia. »Es wird noch unheimlicher.«

Andresen setzte sich auf den Klodeckel und versuchte zu verstehen. Mit mäßigem Erfolg. Zu unglaubwürdig klang das, was ihm Julia da gerade über seinen Ex-Kollegen und dessen Leben erzählte.

Als schlügen ihm die Informationen auf den Magen, verkrampfte er plötzlich und spürte ein Reißen. Gerade noch rechtzeitig sprang er auf, riss den Deckel hoch, zog seine Hosen herunter und ließ es geschehen. Er bemerkte, dass die Badezimmertür nur angelehnt war, doch sie war außer seiner Reichweite. Es war längst zu spät für Schamgefühle.

»Was ist denn da los bei euch?«, fragte Julia. »Was sind das für Geräusche?«

Andresen schwieg, jede Erklärung wäre sinnlos gewesen.

»Ich muss mit ihr reden«, lenkte er das Gespräch stattdessen zurück auf Wibel und seine Frau. »Wenn es stimmt, was du sagst, dann ...«

»Bist du sicher, dass du dazu in der Lage bist?«, unterbrach ihn Julia.

»Ich hoffe ...«

Fünf Minuten später stieß Andresen die Badezimmertür vorsichtig auf und lugte in die Kabine. Gudrun Liebert war nicht zu sehen. Die Balkontür stand ein Stück weit offen und ein angenehmer Wind blies herein. In seinem Magen rumorte das Virus.

Ernüchtert musste er feststellen, dass es auch vor ihm nicht Halt gemacht hatte.

Auf halbem Weg in Richtung Balkon hielt er inne. Gudrun Liebert stand seitlich zum Glasgeländer und fixierte regungslos einen Punkt am Horizont, der nur für sie sichtbar zu sein schien. Er musste an Julias Worte denken. Mit einem Mal verselbständigten sich seine Gedanken und er verstand, was in dem Mann, den alle Willi genannt hatten, wirklich vorgegangen war. Und er begriff, welche Rolle Gudrun innegehabt hatte.

Sie starrte noch immer aufs Meer und schien Andresen nicht zu bemerken. Plötzlich machte sie eine seltsame Bewegung mit dem linken Bein, zog es mühevoll hoch und versuchte über die Balkonreling zu klettern.

Andresen reagierte geistesgegenwärtig, stürzte auf den schmalen Balkon und zog sie unsanft von der Brüstung weg. Gudrun Liebert zitterte jetzt. Ihr stierer Blick war gewichen. Mit ängstlichen Augen drehte sie sich zu ihm um. Tränen flossen. Andresen reichte ihr seine Hand und geleitete sie zurück ins Innere der Kabine. Erschöpft ließ sie sich aufs Bett fallen. Es war, als ob plötzlich etwas von ihr abfiele. Eine große Last. Eine Schuld.

Andresen setzte sich neben sie und wartete einige Minuten, bis sie zur Ruhe gekommen war. Doch dann war seine Geduld am Ende. Er musste wissen, ob das, was Julia ihm vorhin mitgeteilt hatte, tatsächlich der Wahrheit entsprach. Schonungslos eröffnete er das Gespräch.

»Theo Levsen, schon mal gehört?«

Ihre Pupillen weiteten sich, dann verzog sich ihr Mund zu einem unnatürlichen Lächeln. »Mein Mann, natürlich kenne ich ihn.«

»Jetzt ist er wirklich tot. Einunddreißig Jahre nach seinem ersten Abschied.«

»Niemand hätte es jemals erfahren, wenn das hier nicht passiert wäre«, seufzte Gudrun Liebert. »Willi wäre weiterhin Willi geblieben.«

»Ja, wahrscheinlich«, antwortete Andresen. »Wer erinnerte sich schließlich noch an Theo? Keiner. Und die Versicherung hat ja auch brav mitgespielt.«

Gudrun Liebert schwieg. Sie zupfte mit den Fingern an einem Taschentuch herum und vermied es, Andresen anzusehen.

»Sagen Sie mir bitte, was tatsächlich geschehen ist.« Andresen war jetzt noch näher an sie herangerückt. »Wir beide wissen, dass es kein Unfall war.«

»Ich weiß nicht, wovon Sie sprechen«, versuchte sich Gudrun Liebert unter Schluchzen herauszureden. »Sie glauben doch nicht etwa, dass ...«

»Suizid?«, fragte Andresen. »Wäre denkbar.«

»Nein!«, entgegnete sie. »Niemals!«

»Er war schwer krank«, sagte Andresen nachdenklich.

»Unmöglich! Er hätte mich nie im Stich gelassen.«

»Was ist wirklich passiert?«, drängte Andresen. »Sie wissen genauso gut wie ich, dass ich gesehen habe, wie Sie sich über Willi gebeugt haben. Als Sie mich dann Willis Namen haben rufen hören, sind Sie geflüchtet. Haben Sie ihn etwa ...?«

»Nein!«, rief sie erneut. »Nein! Es war ein schrecklicher Unfall!«

Andresen zog seine Augenbrauen hoch und sah sie gespannt an. Es schien so, als wolle Gudrun Liebert reden.

»Theo ... ich meine Willi ... Er ... er wollte nicht mehr.«

Andresen nickte und murmelte ein kaum verständliches »Also doch«.

»Die Krankheit war der Auslöser, er glaubte nicht mehr daran, sie besiegen zu können. Er war der Meinung, der Krebs sei Gottes Strafe, wenn es so etwas gibt.« Sie hielt inne und schnäuzte sich. Andresen hatte den Eindruck, als sei sie erleichtert darüber, nach all den Jahren endlich über ihr Geheimnis reden zu können.

»Theos fingierter Tod war unsere gemeinsame Idee. Wir waren damals total abgebrannt, Theo hatte Spielschulden, der Gerichtsvollzieher war Stammgast in unserer Wohnung.«

»Wie ist er denn damals zu Tode gekommen?«, hakte Andresen ein.

»Auf einem Schiff.« Sie lachte betroffen. »Ist das nicht zynisch? Wir hatten an alles gedacht. Es sollte wie ein tragischer Unfall aussehen. Sie konnten seinen Leichnam nicht finden. Das Ganze geschah auf einer Fähre zwischen Helsinki und Stockholm.«

»1978«, sinnierte Andresen.

»Ja, die Zeiten waren anders. Ausweise zu fälschen war damals noch ein wenig leichter. Theo ist ein halbes Jahr untergetaucht – in unserem Schlafzimmer. Dann sind wir von Bremen nach Lübeck gezogen. Niemand hat gemerkt, dass Willi Theo ist. Die Versicherung zahlte und ich beziehungsweise wir haben unsere Schulden nach und nach in den Griff bekommen.«

»Und dann ist Willi beziehungsweise Theo auf die dreiste Idee gekommen, zur Kripo zu gehen?«

»Ja, er hat sich beworben und wurde genommen. So ein gefälschter Lebenslauf bewirkt manchmal Wunder.«

Andresen schüttelte den Kopf. Er konnte noch immer nicht glauben, dass sein ehemaliger Kollege nicht der gewesen war, der er vorgegeben hatte zu sein. Willi Wibel, der zwar eigenbrötlerische, doch immer freundliche Kriminaloberkommissar, ein schwer krimineller Versicherungsbetrüger – unvorstellbar.

»Theo war ein gebrochener Mann. Er kam mit seiner Lebenslüge nicht zurecht. Und der Diagnose. Er wollte Schluss machen.«

»Und dann ist er letzte Nacht gesprungen?«, fragte Andresen. »Warum hat er mir diese Nachricht unter der Tür durchgeschoben?«

»Er hatte herausgefunden, dass Sie an Bord waren. Wahrscheinlich wollte er sich von Ihnen verabschieden. Ich habe ihn die ganze Zeit gesucht und schließlich auf dem Panoramadeck gefunden. Er stand an der hinteren Reling und blickte über das Heck aufs Meer. Ich wusste sofort, was er vorhatte.«

»Was dann?«

»Ich wollte ihn abhalten, habe versucht ihn wegzuzerren. Aber er war schon mit beiden Beinen über das Geländer geklettert. Es war so schrecklich ...« Sie brach ab.

»Ist er gesprungen?«

»Nein!« Jetzt weinte sie bitterlich. »Er wollte zu mir zurückkommen, ich habe es in seinen Augen gesehen. Aber als er sein rechtes Bein anhob, ist er mit dem anderen weggerutscht. Es ging so schnell, dass ich ihn nicht halten konnte. Es war ein Unfall. Das müssen Sie mir glauben.«

Andresen erhob sich langsam vom Bett. Wieder rumorte sein Magen verdächtig. »Wir werden Willi vermissen«, sagte er schließlich und nickte ihr zu. »Ich hoffe, er war auch dieses Mal gut versichert.« Dann verließ er im Eilschritt ihre Kabine.

Aufs falsche Zelt gesetzt

Fehmarn

»Tim, wach auf! Hast du das gehört?« Julia rüttelte an ihrem Freund.

»Verdammt, was ist denn los?«, fragte Tim im Halbschlaf. »Leg dich doch endlich hin und mach die Augen zu.«

»Dieses Geräusch!« Sie ließ nicht locker. »Was ist das? Weint da jemand?«

»Geh raus und sieh nach«, antwortete Tim genervt. »Hier ist die Taschenlampe.« Er drückte Julia die große *MagLite* in die Hand und rollte sich samt Schlafsack, den er in dieser heißen Sommernacht lediglich als Decke benutzte, zur Seite. »Und mach nicht so einen Krach, wenn du zurückkommst.«

»Wenn ich in fünf Minuten nicht wieder hier bin, könntest du ja so nett sein und nach mir suchen.« Julia schälte sich aus ihrem Schlafsack heraus und kroch über Tim hinweg. Dann zog sie den Reißverschluss des kleinen Igluzelts auf und verschwand in der Dunkelheit des Campingplatzes.

Als Tim aufwachte, musste er grinsen. Julia kitzelte ihn an der rechten Fußsohle. Nur ganz sanft.

»Mach weiter«, sagte er, als sie nach einer Weile aufhörte.

Julia reagierte nicht.

»Nur noch ein bisschen, bitte.«

Keine Reaktion.

Tim fuhr hoch und blickte sich um. Es war bereits hell, die Sonne kämpfte sich durch die angrenzende Baumgruppe und erwärmte die Luft. Wie schon an den Tagen zuvor würde es ähnlich heiß werden.

Jetzt erst erkannte Tim, weshalb er wach geworden war. Der Stofffetzen des Zelteingangs bewegte sich träge im kaum spürbaren Wind und schlug in unregelmäßigen Abständen an seine Fußsohle. Er blickte zur Seite. Julias Schlafsack lag neben ihm auf ihrer Isomatte.

»Julia?«, flüsterte Tim. Sein Kopf dröhnte, er hatte Kopfschmerzen vom Vorabend. Er hatte viel zu viel getrunken. Mühsam versuchte er sich zu erinnern: An die gemeinsamen Stunden am Strand. An das Lagerfeuer, das bis spät in die Nacht gebrannt hatte. An den Moment, als sie zum Zelt zurückgegangen waren und Julia die ganze Zeit seltsam nervös gewirkt hatte. An die Geräusche, die sie gehört hatte. An die Taschenlampe, mit der sie das Zelt verlassen hatte.

»Verdammt!«, rief er. Hastig zwängte er sich in seine Jeans und sprang auf.

Der Campingplatz im Süden Fehmarns, direkt hinter der Ostsee und den Dünen, lag still und friedlich vor ihm. Es schien so, als sei noch kein anderer Camper auf den Beinen. Wahrscheinlich schliefen die meisten noch. Am Sonnenstand konnte er erahnen, dass es höchstens sechs Uhr sein musste, womöglich sogar noch früher.

Tim ging um das Zelt herum und ließ seinen Blick kreisen. In der vagen Hoffnung, Julia würde hier irgendwo im Gras liegen, weil sie heute Nacht Lust verspürt hatte, an der frischen Luft zu schlafen, anstatt in dem stickigen Zelt.

Mit einem Mal verspürte Tim einen heftigen Schmerz in der linken Fußsohle. Er blickte an sich hinab und sah sofort, was der Grund dafür war. Er war so unglücklich in einen Hering getreten, dass er sich eine mehrere Zentimeter lange Risswunde in der Fußsohle zugezogen hatte. Nur die oberste Schicht seiner Haut hielt das Blut zurück, das sich bereits violettfarben abzeichnete. »Verfluchter Mist!«, rief er und humpelte weiter.

Ein nervöses Kribbeln machte sich in seinen Händen bemerkbar. Es breitete sich über seine Arme aus und fuhr dann in einem Schauer über seinen Rücken. Unbehagen legte sich wie ein Schleier aus Nebel über seinen Körper. Wo zum Teufel war Julia bloß?

Ihm kam eine Idee. Er lief quer über den Campingplatz bis zu den sanitären Anlagen. Vielleicht war Julia wach geworden, weil sie zur Toilette gemusst hatte, redete er sich ein.

Tim riss jede einzelne Kabinentür auf. Ohne Erfolg. Er hatte die Hoffnung schon aufgegeben, als er am Griff der hintersten Tür zog und plötzlich auf Widerstand stieß. Sie war verschlossen.

Hastig stieg Tim auf die Klobrille der benachbarten Toilette und warf einen Blick über die Kabinenwand. Er hielt inne, als er eine ältere Frau sah, die gerade ihr morgendliches Geschäft verrichtete. Ihre Blicke trafen sich, woraufhin die Frau einen schrillen Schrei ausstieß. Tim schrak derart zusammen, dass er von der Klobrille abrutschte und mit dem rechten Fuß im Klo landete. Voller Ekel zog er den Fuß aus dem abgestandenen Spülwasser und verließ unter dem lauten Gezeter der alten Frau die Kabine.

Auf dem Weg nach draußen warf Tim noch einen verstohlenen Blick in den Duschraum. Doch auch hier war Julia nicht.

Aus dem nervösen Kribbeln wurde mehr und mehr ein Gefühl der Panik. Er rannte zurück auf den Campingplatz. Vorbei an den Zelten zwängte er sich zwischen den Wohnmobilen und Dauercampern hindurch.

Plötzlich stolperte Tim über eine Anhängerkupplung, die er zu spät gesehen hatte, und knallte mit dem Kopf gegen die Rückwand eines in die Jahre gekommenen Wohnmobils. Am Boden liegend krümmte er sich vor Schmerzen und befühlte seinen Kopf. Auf der Stirn bildete sich innerhalb weniger Sekunden ein walnussgroßes Ei. Das Blut pulsierte so heftig in seinem Kopf, dass er kurzzeitig befürchtete, das Bewusstsein zu verlieren. Es vergingen einige Minuten, ehe sich sein Körper wieder beruhigt hatte. Dann stand er vorsichtig auf und blickte sich um.

Keine Spur von Julia. Sie war weg. Einfach verschwunden.

Seine Panik war mittlerweile so groß, dass er einen Moment lang meinte zu hyperventilieren. Unter größter Anstrengung versuchte er, sich zu konzentrieren und die letzte Nacht zu rekonstruieren. Von irgendeinem Geräusch hatte sie gesprochen. Er selbst hatte nichts gehört, war nur müde und fürchterlich betrunken gewesen. Was für ein Geräusch konnte sie gemeint haben? Etwa das eines Menschen? Oder vielleicht war es auch das Meer mit seiner Brandung gewesen?

Tim rannte planlos umher. Verließ den Campingplatz und lief in Richtung des Wegs, der hinter den Dünen entlangführte. Und dann weiter bis zum nächsten Stranddurchgang. Selbst in diesem Moment der Verzweiflung hatte er ein Auge für die Schönheit dieses Orts. Der Blick entlang der vom Strandhafer gesäumten Dünen bis hin zum feinen Sandstrand und dem in der Morgensonne glitzernden blauen Meer war jeden Tag aufs Neue wieder einmalig.

Für einen kurzen Augenblick glaubte er zu wissen, was passiert war. Julia war aufgestanden und hatte die frühe Morgenstunde genutzt, um ganz allein einige Runden in der erfrischenden Ostsee zu schwimmen. Bestimmt würde sie gleich, wie Halle Berry, aus dem Wasser steigen und seine Sorgen wären vergessen.

Der Weg durch den Sand bis vor ans Wasser kam ihm ewig vor. Und die leise Hoffnung, Julia zu finden, verlor sich Meter um Meter. Denn auch hier am Strand war weit und breit niemand zu sehen. Er blickte aufs Wasser und wünschte sich nichts stärker, als ihre blonden Haare in der ruhig daliegenden Ostsee erkennen zu können. Oder ihren Armschlag.

Da war jedoch nichts. Am gesamten Flügger Strand und auch im Wasser war keine Menschenseele auszumachen.

Tim wandte sich um und versuchte sich zu orientieren. Wo war bloß die Feuerstelle, um die sie gestern Abend gesessen hatten? Sie hatten gefeiert und zu viel getrunken. Mit bekannten Gesichtern vom Campingplatz, aber auch mit einigen seltsamen Gestalten, die plötzlich aufgetaucht waren. Sie hatten Gras geraucht und Gitarre gespielt, waren nackt baden gegangen und einige von ihnen waren irgendwann spät in der Nacht in den Dünen verschwunden. Julia und er hatten sich den Großteil des Abends mit einem Pärchen aus Dänemark unterhalten.

Tim versuchte sich zu erinnern, wie sie auseinandergegangen waren. Er spürte, dass ihm Teile des Abends verloren gegangen waren. Ein paar Bier zu viel und billiger Lambrusco aus dem *Tetra Pak*. Und war es nicht so, dass auch er an der Tüte gezogen hatte?

Da hinten war die Stelle. Er erkannte das aufgestapelte, verkohlte Holz. Plötzlich hatte er es eilig. Tim lief die letzten Meter, stolperte jedoch über eine leere Flasche und landete kopfüber im Sand. Im nächsten Moment durchfuhr ihn ein stechender Schmerz in der linken Handinnenfläche. Das Blut schoss an mehreren Stellen hervor, eine grüne Glasscherbe hatte sich in seine Haut gebohrt.

Schmerzerfüllt raffte sich Tim hoch und zog die Scherbe aus seiner Haut. Er fluchte und trat wütend gegen die Holzscheite auf der Feuerstelle. Erneut schoss ein fürchterlicher Schmerz durch seinen Körper. Er schrie laut auf und sah, dass sich durch den Tritt gegen das Holz der Nagel seines rechten großen Zehs gelöst hatte und hochgeklappt war. Darunter bildete sich bereits eine Blutblase. Einen Moment lang wurde ihm schwarz vor

Augen, dann besann er sich jedoch wieder und rief sich die Bilder der vergangenen Nacht vor Augen.

Diese Dänen waren seltsam gewesen. Sie hatten komisches Zeug dahergeredet. Von ihren Beziehungsproblemen und ihrer sexuellen Freizügigkeit. Ihm war das Ganze mehr und mehr unangenehm gewesen, doch Julia hatte dem Pärchen an den Lippen gehangen und war jeder ihrer Geschichten mit großen Augen gefolgt.

Aufgewühlt ging er zurück zum Wasser. Ein plötzlicher Drang, sich abkühlen zu müssen, überkam ihn. Seine Beine bewegten sich wie von allein. Ehe Tim sich versah, war er bereits bis zu den Oberschenkeln im Wasser.

Die Feuerquallen erkannte er erst im letzten Moment. Zu spät, sie hatten ihn umkreist und ihre Nesseln schlangen sich um seine Beine. Laut schreiend lief er aus dem Wasser zurück an den Strand. Er traute sich kaum, einen Blick an sich hinunter zu werfen. Als er es schließlich doch tat, war ihm ganz anders zumute. Seine Beine sahen aus, als hätte ihn jemand ausgepeitscht. Beide Oberschenkel waren voller roter Striemen. Verzweifelt versuchte er sich zu beruhigen. Beinahe war er froh darüber, dass sein Körper nur einen Schmerz auf einmal spüren konnte und das Brennen durch die Berührung mit den Feuerquallen zumindest in diesem Augenblick überwog. Denn seine noch immer blutende Hand, die kaputte Fußsohle und der verletzte Zeh hätten wohl weitaus stärker geschmerzt.

Langsam ging Tim zurück in Richtung Strandübergang. Er spürte, wie seine Augen wässrig wurden. Der Gedanke daran, dass Julia etwas zugestoßen war und er eine Mitschuld daran trug, machte ihn unendlich traurig.

Aus Richtung des Jimi-Hendrix-Gedenksteins kam ihm jemand entgegen. Er schärfte seinen Blick und erkannte einen Mann. Dieser schien nackt zu sein. Als der junge Kerl – kaum älter als Mitte zwanzig und somit noch einige Jahre jünger als er selbst – nur noch ein paar Meter entfernt war, zuckte Tim plötzlich zusammen. Er kannte ihn. Keine acht Stunden waren vergangen, seitdem er um ein Haar auf ihn losgegangen wäre.

Die Bilder des gestrigen Abends erschienen wieder vor seinem inneren Auge. Dieser Däne, der neben Julia gesessen hatte. Mit seinen anzüglichen Geschichten. Er hatte Julia immer wieder angefasst, sie in den Arm genommen. Julia hatte sich mehrfach dagegen gewehrt. Zwar etwas zaghaft für seinen Geschmack, aber deutlich genug, dass dieser Kerl hätte aufhören müssen.

Und doch hatte er weitergemacht, immer unverschämter. Bis Tim der Kragen geplatzt war und er ihn zur Rede gestellt hatte. Schließlich hatte er Julia am Arm gepackt und sie waren streitend zu ihrem Zelt zurückgekehrt.

Tim spürte, wie das Adrenalin durch seinen Körper strömte, während er dem grinsenden, nackten Mann gegenüberstand. Die Schmerzen an Händen und Füßen waren mit einem Mal vergessen.

»Was hast du mit Julia gemacht?«, schrie er. Ohne eine Antwort abzuwarten, stürzte er sich auf den Mann und warf ihn im Ringerstil in den Sand. Er verpasste dem Dänen mehrere Faustschläge mitten ins Gesicht, bis dieser aus der Nase blutete. Doch als er nur einen kurzen Augenblick innehielt, nutzte der Gegner den Moment, um ihm zwei Leberhaken zu verpassen und ihn zur Seite zu drehen.

Jetzt schlugen die Fäuste im Sekundentakt in seinem Gesicht ein. Nase und Jochbein knackten, Tim schmeckte den eisernen Geschmack von Blut in seiner Mundhöhle. Mit letzter Kraft gelang es ihm jedoch, sich gegen den Körper des Mannes zu stemmen und ihn wieder zur anderen Seite zu rollen. Obwohl jede Bewegung einer Tortur glich, landete er mehrere Schläge, die so hart waren, dass der Däne nach einer Weile regungslos im Sand liegen blieb.

»Sag mir endlich, wo Julia ist!« Seine Stimme überschlug sich. Tim war außer sich vor Wut und würgte den Mann jetzt. Als der bereits blau anlief, ließ er von ihm ab. »Antworte mir!«

»Lass mich«, wimmerte der Mann. »Ich habe keine Ahnung, was mit deiner Freundin los ist. Glaub mir, ich habe meine eigenen Probleme.«

»Ich glaube dir gar nichts«, sagte Tim hart. Er packte ihn am Nacken und hob seinen Kopf ein Stück weit an. Dann knallte er ihn mit voller Wucht zurück in den Sand. »Ich gehe jetzt noch einmal zum Campingplatz und suche nach Julia«, sagte er mit ruhiger Stimme. »Wehe, wenn ich sie nicht unversehrt finde. Dann komme ich wieder.«

Als Tim am Zelt ankam, war auf dem Platz noch immer niemand zu sehen. Niedergeschlagen dachte er darüber nach, wo er noch nach seiner Freundin suchen könne, als er plötzlich aus dem Augenwinkel eine Bewegung wahrnahm. Er fuhr herum und sah, dass Julia in nur einigen Metern Entfernung aus einem der anderen Zelte kletterte. Das Gefühl der Erleichterung war derart überwältigend, dass Tim schwer schlucken musste. Er zögerte keine Sekunde und lief unter starken Schmerzen in ihre Richtung.

Kurz bevor er sie wieder in die Arme schließen konnte, verlangsamte er jedoch sein Tempo. Plötzlich realisierte Tim, was Julias Auftauchen tatsächlich zu bedeuten hatte.

Ihre Blicke trafen sich. Julia schlug die Hand vor den Mund und starrte Tim mit weit aufgerissenen Augen an. »Um Himmels willen, wie siehst du denn aus?«

Tim brauchte einige Sekunden, um zu verstehen, was Julia meinte. Die Beule am Kopf. Die wahrscheinlich gebrochene

Nase. Die noch immer blutende Hand. Die verbrannten Beine. Und nicht zuletzt sein humpelnder Gang aufgrund der Verletzungen an den Füßen. Es musste tatsächlich ein schlimmer Anblick sein.

»Es ist einiges passiert seit gestern Nacht«, sagte er vieldeutig. »Wo warst du denn?«

»Tut mir leid, dass du allein schlafen musstest«, antwortete sie. »Erinnerst du dich an die Dänin von gestern Abend? Sie hatte Liebeskummer, wir haben die halbe Nacht gequatscht. Irgendwann bin ich dann eingeschlafen. Aber jetzt sag doch endlich, was mit dir passiert ist. Hast du dich etwa geprügelt?«

Tim antwortete nicht. Stattdessen trat er einen Schritt auf Julia zu. Er war jetzt so nah, dass er ihren Atem spüren konnte. Prüfend musterte er sie, dann schüttelte er mit einem fassungslosen Lächeln auf den Lippen den Kopf. An ihrem Hals zeichnete sich ein Tischtennisball großer Bluterguss ab.

»Was bist du bloß für ein Miststück«, sagte er schließlich. »Vögelst mit diesem Idioten im Nachbarzelt und lässt mich in dem Glauben, dass dir etwas zugestoßen ist. Du bist wirklich das ...«

»Ich glaube, du verstehst da einiges vollkommen falsch«, unterbrach sie ihn.

»Ach ja?«, reagierte Tim aufgebracht. »Willst du mich eigentlich verarschen? Denkst du wirklich, ich bin so blöd, dass ich nicht verstehe, was hier los ist? Wie er dich gestern Abend angegraben hat. Die Blicke, die ihr ausgetauscht habt. Die angeblichen Geräusche heute Nacht. Und dann dieser ekelhafte Knutschfleck.« Tim spuckte Julia vor die Füße und wandte sich von ihr ab.

»Wo willst du hin?«

»Noch einmal zurück«, antwortete Tim. »Es gibt da etwas, das ich erledigen muss.«

»Pass auf dich auf«, sagte Julia. So leise, dass Tim ihre Worte nicht mehr hören konnte. Sie wusste genau, was er am Strand noch zu erledigen hatte.

Während sie hinter ihm hersah, legte sich eine Hand auf ihre Schulter. Diese fuhr an ihrem Hals hoch bis ins Gesicht und streichelte sanft über ihre Haut. Dann drehte sich Julia um und gab der Frau, die sie erst gestern Abend am Lagerfeuer kennengelernt hatte, einen Kuss.

»Lass ihn laufen«, sagte die Frau in fast akzentfreiem Deutsch. »Er tut das Richtige für uns zwei.«

Uthlande

Föhr

Er zitterte.

Nicht wegen des schier endlosen Winters, der eisigen Temperaturen und des Schnees, der selbst die Inseln fest im Griff hatte.

Es war auch kein Zittern im eigentlichen Sinne. Vielmehr zuckte er, als jagten Blitze durch seinen Körper. Stromschläge. So musste sich ein epileptischer Anfall anfühlen.

Sie war es. Es gab keinen Zweifel. Bente war tatsächlich zurück.

Fünfzehn verfluchte Jahre. Fünfzehn Jahre Angst, Hoffen, Verzweiflung. Und schließlich irgendwann die bittere Erkenntnis, dass sie wohl nie wieder auftauchen würde. Weil sie tot war. Weil sie tot sein musste. Welche andere Erklärung für ihr plötzliches Verschwinden konnte es geben.

Zögerlich setzte er einen Fuß vor den anderen. Er musste sie von Nahem sehen, sie berühren, sie riechen. Seine Bente.

Wie konnte sie es wagen, einfach so hier wieder aufzutauchen. Ohne sich zu melden, ohne ein einziges Lebenszeichen von sich zu geben.

Fünfzehn Jahre. Fünfzehn Jahre, in denen er Qualen durchlitten, sein eigenes Leben verflucht hatte. Es hatte nichts gegeben, was ihn noch auf dieser Welt gehalten hätte. Und doch war er geblieben.

Er näherte sich dem Laden, in dem sie verschwunden war. Eine einfache Drogerie. Bente war hineingegangen, als wäre sie immer hier und niemals weg gewesen.

Seine Gedanken schweiften ab. Da war plötzlich dieser sonnige Wintertag vor fünfzehn Jahren. Das endlose Warten am Fähranleger. Schiffe, die an- und wieder ablegten, ohne dass Bente von Bord gegangen war.

Sie war übers Wochenende in Bredstedt gewesen, bei Freunden. Am Sonntagmittag wollte sie die Fähre in Dagebüll nehmen, so hatte sie es ihm gesagt.

Und dann der Anruf. Es war kurz vor zehn am Sonntagmorgen gewesen, daran erinnerte er sich genau. Sie klang seltsam bedrückt. Irgendetwas wollte sie ihm erzählen, aber erst, wenn sie wieder zurück sei. Auf der Insel.

Da war etwas gewesen, das ihn skeptisch gemacht hatte, daran konnte er sich erinnern. So eine seltsame Ahnung, dass sie auf dem Lande etwas erlebt hatte, das ihm nicht gefallen würde.

Er hatte nicht weiter nachgefragt. Vielleicht aus Angst. Dass sie ihn verlassen würde, weil er eben nur einer von der Insel war. Einer, der den Absprung nie schaffen würde, wie sie ihm manchmal vorgeworfen hatte, wenn sie über die Zukunft sprachen. Ihre gemeinsame.

Es hatte sie nicht gegeben. Sie war einfach verschwunden. Von einem Moment auf den anderen weg. Entführt. Im Watt verschollen. Ermordet. Was auch immer ihr zugestoßen war, es hatte nichts gegeben, das er ausgeschlossen hatte. Nur dass sie noch am Leben war, das war ihm all die Jahre unmöglich erschienen.

Er öffnete die Ladentür und warf einen Blick durch die schmalen Gänge der Drogerie. Sie war nirgends zu sehen. Hatte er sich alles nur eingebildet?

Nein. Dort hinten stand sie. Irgendwo zwischen den Tampons und Shampoos wühlte sie in den Regalen herum. Als würde sie tagtäglich hier in diesem Geschäft einkaufen. Dabei hatte der Laden damals, bei ihrem Verschwinden, noch gar nicht existiert.

Er trat langsam auf sie zu. Sein Herz pochte. Er spürte, dass Adrenalin durch seinen Körper strömte. Fünfzehn Jahre lang hatte er sie nicht gesehen und plötzlich stand sie direkt vor ihm. Die Stromschläge. Da waren sie wieder.

»Bente?«

Sie wandte sich zu ihm um und blickte ihn nüchtern an.

»Du bist es wirklich. Wo zum Teufel ...?«

»Wer sind Sie?«

Er lächelte unsicher. Hatte er sie gerade richtig verstanden? Sie fragte, wer er sei. Ungläubig schüttelte er den Kopf.

»Du bist wieder da. Ich habe nicht mehr daran geglaubt.«

»Sie müssen mich verwechseln. Entschuldigen Sie bitte.«

»Was ist los mit dir, Bente? Ich habe ein paar Kilogramm zugenommen, aber du wirst mich doch wohl noch erkennen. Erzähl mir erst einmal, was mit dir passiert ist. Wo, verdammt, hast du all die Jahre gesteckt?«

»Hören Sie«, sagte die Frau. »Ich bin nicht die Person, für die Sie mich halten. Lassen Sie mich jetzt bitte in Ruhe.«

»Was soll das?« Plötzlich klang seine Stimme eindringlich. Seine Unsicherheit war einer Erbostheit gewichen. Er packte sie an den Schultern und blickte ihr tief in die Augen. »Egal was damals geschehen ist, ich bin froh, dass du wieder da bist.«

»Lassen Sie mich!«

»He! Haben Sie nicht verstanden, was die Dame gesagt hat? Verschwinden Sie aus meinem Laden!« Ein groß gewachsener Mann mittleren Alters mit leicht schütterem Haar stand plötzlich im Gang und blickte ihn abschätzig an. Er trug einen weißen Kittel und stellte sich schützend vor Bente.

»Rufen Sie die Polizei!«, antwortete er, ohne auf die Worte des Ladenbesitzers einzugehen. »Diese Frau ... also Bente ...« Er suchte nach den richtigen Worten. »Vor fünfzehn Jahre ist sie verschwunden. Wir waren glücklich verliebt. Verstehen Sie? Bente muss damals etwas Schreckliches zugestoßen sein.«

»Ich kenne den Mann überhaupt nicht. Und ich heiße auch nicht Bente.«

»Hör endlich auf!«, platzte es aus ihm heraus. »Sag mir, was passiert ist. Wo warst du die ganze Zeit?«

Er trat einen Schritt auf den Ladenbesitzer zu und fixierte Bente. Dann streckte er die Hand aus, in der Hoffnung, sie würde danach greifen.

»Schluss jetzt! Sie gehen jetzt sofort und lassen sich nie wieder hier blicken, verstanden? Oder möchten Sie wirklich, dass ich die Polizei anrufe?«

»Ja, genau das will ich. Sie müssen mir glauben, diese Frau, das ist Bente. Vor fünfzehn Jahren ist sie verschwunden. In Dagebüll. Sie sollte mit der *Uthlande* übersetzen. Es stand doch in allen Zeitungen. Alle dachten, sie wäre tot.«

»In Dagebüll?«, fragte der Mann.

»Ja, erinnern Sie sich?«

»Möglich.«

»Dann rufen Sie doch endlich die Polizei. Sie muss darüber informiert werden, dass Bente wieder aufgetaucht ist.«

»Sagen Sie mir Ihren Namen«, entgegnete der Ladenbesitzer.

»Meinen Namen?«

»Ja.«

»Warum ist das wichtig?«

»Die Polizei wird wissen wollen, wer Sie sind.«

»Fragen Sie doch einfach Bente. Sie weiß, wer ich bin, oder etwa nicht?«

»Sagen Sie es mir, wenn Sie ihn kennen.« Der Ladenbesitzer suchte ihren Blick, doch sie schüttelte nur den Kopf und versuchte, sich hinter ihm zu verstecken.

»Ich rufe jetzt die Polizei. Die wird sicherlich wissen, wovon Sie sprechen.« Er zog sein Handy aus der Tasche und wählte die Nummer. Dann wandte er sich ab.

»Was ist los mit dir, Bente? Warum leugnest du, mich zu kennen?«

»Sie machen mir Angst«, sagte sie leise. »Ich weiß nicht, wer Sie sind. Ich habe Sie noch nie zuvor gesehen. Und so, wie Sie aussehen ...«

»Okay, in Ordnung«, unterbrach er sie und nickte. »Du willst also nichts mehr von mir wissen.« Er ging langsam in Richtung Ausgang. Kurz bevor er die Ladentür öffnete, blieb er stehen und drehte sich noch einmal um. »Dir ist damals gar nichts zugestoßen, habe ich recht?«

»Ich weiß wirklich nicht, wovon Sie ...«

»Hör auf, Bente!«, fiel er ihr ins Wort. »Tief in mir drin habe ich nie geglaubt, dass du tot bist. Sag mir jetzt endlich, weshalb du damals gegangen bist. Hattest du einen anderen? War das der Grund?«

»Lassen Sie mich in Ruhe, wenn ich ja sage?«

»Ich will die verdammte Wahrheit wissen«, sagte er aufgebracht. Seine Stimme klang bedrohlich, als akzeptiere er nicht länger Gegenworte. »Du hast mich im Stich gelassen. All die Jahre habe ich mir nur etwas vorgemacht. Fünfzehn verfluchte Jahre habe ich gedacht, dir sei etwas passiert. Jemand hätte dir Schreckliches angetan. Stattdessen hast du ...« Er hielt inne, fasste sich an den Kopf und rieb mit den Zeigefingern über die Schläfen. »Was wolltest du mir damals sagen? Erzähl schon!«

»Die Polizei ist gleich hier«, flüsterte der Ladenbesitzer und steckte sein Telefon zurück in seine Kitteltasche.

»Wir brauchen keine Polizei mehr«, entgegnete er. Auf einmal klang er wieder ruhig und besonnen. Sogar ein kurzes Lächeln huschte über seine Lippen.

»Wie auch immer«, sagte der Ladenbesitzer. »Klären Sie das bitte draußen.«

»Ich warte vor dem Geschäft auf dich, Bente.« Er nickte kurz und verließ den Laden schließlich.

Obwohl die Sonne schien, hatte er das Gefühl, dass es noch kälter geworden war. Der Wind peitschte vom Meer herüber, am Horizont türmten sich dunkle Wolken auf, die Schnee mitbringen würden.

Trotzdem war ihm jetzt warm. Innerlich kochte er. Das Zittern, das er verspürt hatte, als er sie erblickt hatte, war einer inneren Erregung gewichen, die er kannte. Teile seiner Erinnerung waren wieder da, und dennoch konnte er die schemenhaften Bilder in seinem Kopf noch nicht richtig zuordnen. Es war, als hätte er die Situation schon einmal erlebt. Aber nicht hier draußen – auf Föhr. Sondern dort drüben, auf der anderen Seite. Am Festland.

Er ballte seine Hände in den Taschen. Sie waren warm, schwitzig. Trotz der Eiseskälte. Die Erinnerungen kamen nicht schlagartig, sie erschienen Stück für Stück wie in einer Dia-Show vor seinem inneren Auge.

Da stand sie wieder vor ihm. Bente. Gleich in der Nähe des Fährterminals in Dagebüll. Sie machte den Eindruck, als warte sie. Vielleicht hatte sie jemanden von der Insel getroffen, der sie begleitete.

Sie wusste nicht, dass er hier war. Er wollte sie überraschen, um gemeinsam mit ihr die Fähre zu nehmen. Mit der *Uthlande* zurück auf die Insel fahren. Und noch bevor sie Wyk erreichen würden, wollte er die Mutter aller Fragen stellen.

Jemand trat aus dem Terminalgebäude. Ein schlanker, hochgewachsener Mann. Mitte zwanzig vielleicht. Er zog einen kleinen Trolley hinter sich her. Pinkfarben. Zweifellos der von Bente.

Mit einem Mal überkam ihn ein Gefühl der Beklemmung. Was ging hier vor sich? Wer war dieser Mann, der seine Bente plötzlich in den Arm nahm. Ihr durchs Gesicht streichelte, sie wie selbstverständlich auf den Mund küsste.

Was um alles in der Welt tat sie ihm bloß an?

Sein Körper zitterte. Das Geschrei der Möwen, die auf der Suche nach Fressbarem über dem Hafen von Dagebüll kreisten, wurde immer leiser. Verschwand unter einem dumpfen Nebel, der sich über ihn zu legen drohte.

Im nächsten Moment wurde er durch einen lauten Schrei aus seinen Gedanken gerissen. Und als ob er neben sich stünde, sah er sich selbst dabei zu, wie er quer über die Straße vor dem Abfertigungsgebäude rannte. Direkt auf Bente zu. Seine Augen starr, die Bewegungen entschlossen.

In seiner rechten Hand blitzte etwas. Er beobachtete die Szene. Sie war alt. Sehr alt. Fünfzehn Jahre, um genau sein. Doch plötzlich wusste er wieder, was damals passiert war. Die Erinnerung war zurück. All die Jahre, in denen er gegen das Vakuum in seinem Kopf angekämpft hatte, waren vorbei. Die Geschichten, die er sich stattdessen hatte ausdenken müssen, um mit dem Erlebten fertigzuwerden, waren entlarvt. Jetzt, wo er erkannt und verstanden hatte, was damals passiert war, wünschte er sich jedoch, dass die Erinnerung ihn niemals wieder hätte einholen sollen.

Ihr kurzer Schrei war so schrill, dass er zusammenzuckte. Dann wandte er sich ab. Den Moment, als er auf Bente eingestochen hatte, wollte er nicht sehen. Das Blut, das aus ihrem Hals herausgeschossen kam. Der erschlaffende Körper, die lauten Stimmen der Leute um ihn herum...

Bente war tot. Er hatte sie umgebracht. Damals vor fünfzehn Jahren, nachdem er sie mit diesem Kerl erwischt hatte. Jemand vom Festland. Ein langweiliger Typ, der ihr wahrscheinlich von der großen, weiten Welt erzählt hatte. Was war er doch bloß für ein Idiot gewesen. Er hatte es geahnt und dennoch um ihre Hand anhalten wollen.

Er atmete tief durch, während die Bilder langsam an Kontur verloren. Er hatte sich im Getümmel vor dem Fährterminal davonstehlen können und war geflüchtet. Hatte sich ins Ausland abgesetzt und war mehrfach umgezogen. Auch auf der Straße hatte er leben müssen. Mit den letzten Jahren verband ihn jedoch überhaupt keine Erinnerung mehr. Sie waren wie ausgelöscht, für immer fort. Erstickt unter Drogen, Alkohol und Tabletten.

Insgeheim war er froh darüber. Schließlich wollte er die Gedanken an die quälende Zeit nicht zu tief dringen lassen. Denn der Schmerz, den er noch immer spürte, war unerträglich.

Aus dem Augenwinkel sah er, dass sich die Tür des kleinen Drogeriegeschäfts öffnete. Die Frau, die Bente so ähnlich sah und das schwarze Loch in seinem Kopf für einige Minuten beiseitegeschoben hatte, trat auf den Bürgersteig und blickte sich unsicher um. Es schien, als habe sie noch immer Angst.

Er beobachtete sie. Jetzt, wo er sich wieder an alles erinnern konnte, erkannte er die Unterschiede zwischen ihr und Bente. Dennoch war er fasziniert davon, wie ähnlich sich die beiden sahen.

Wieder öffnete sich die Tür des Ladens und der schlaksige Besitzer kam heraus. Er hatte den Kittel abgelegt und stellte sich neben die Frau, die ihn so sehr an Bente erinnerte. Dann legte er den Arm um sie, als wolle er sie trösten.

Plötzlich spürte er ein Kribbeln, das sich von einer Sekunde auf die andere in seinem Körper breitmachte. Die Wut kehrte zurück. Das Gefühl, betrogen worden zu sein. Von dem Menschen, der ihm so viel bedeutet hatte.

Alles war wie damals. Die Kontrolle über sein Handeln glitt ihm davon. Der Nebel senkte sich wieder über ihn und ließ alle Geräusche um ihn herum dumpf ertönen. Wie in Trance nestelte er in seiner Jackentasche, bis er den Gegenstand zu fassen bekam, nach dem er suchte.

Dann ging er langsam los. Es waren keine zwanzig Meter bis zu den beiden. Auf halber Strecke hielt er noch einmal inne und fixierte die Frau. Sie war schön. So schön wie Bente damals.

Er atmete schwer und schloss die Augen. Als er sie wieder öffnete, zog er das Messer aus der Tasche und ließ es mit einer schnellen Bewegung aufklappen. Dann lief er los.

Fangfrisch

Niendorf/Timmendorfer Strand

Eine Leiche an einem Sonntagmorgen war so ziemlich das Unpassendste, was sich Kriminalhauptkommissar Birger Andresen vorzustellen vermochte. Warum konnten Verbrechen nicht einfach mal an einem stinknormalen Dienstag oder einem sterbenslangweiligen Donnerstag geschehen? Gab es ein ungeschriebenes Gesetz für Mörder, nur an Wochenenden Verbrechen begehen zu dürfen? Oder lag es daran, dass sie während der Woche keine Zeit für derlei Banales hatten und stattdessen am Wochenende ihrem perfiden *Hobby* nachgingen?

Ausgerechnet zwischen Frühstücksei und Marmeladenbrötchen hatte das Telefon geklingelt. Sein Chef hatte ihm mitgeteilt, dass im Niendorfer Hafen eine Leiche gefunden worden war.

»Der Name des Toten ist Thies Bartels«, sagte der Leiter der Lübecker Mordkommission. »Du findest ihn an Bord des Fischkutters *Marie*. Mehr kann ich momentan leider auch noch nicht sagen.«

Andresen zwang sich die angebissene Brötchenhälfte hinunter und stand seufzend vom Frühstückstisch auf. Er schnappte sich ein weiteres trockenes Brötchen und verließ sein Altstadthaus in der Großen Gröpelgrube.

Obwohl die Straßen in Lübeck frei waren, setzte Andresen das mobile Blaulicht auf das Dach seines Volvos. Auch auf der A 1 in Richtung Norden waren nur wenige Fahrzeuge unterwegs. Doch angesichts des sommerlichen Wetters war es nur eine Frage von wenigen Stunden, bis die Blechlawinen zu den Ostseestränden rollen würden.

Andresen kannte den Weg wie seine Westentasche. Vor fast dreißig Jahren – während seiner ersten Monate bei der Mordkommission Lübeck – hatte er in einer vierzig Quadratmeter großen Wohnung gleich in der Nähe des Niendorfer Hafens gewohnt. Obwohl der Hafen und einige Zufahrtsstraßen mittlerweile aufwendig saniert worden waren, hatte der kleine Fischereiort glücklicherweise nichts von seinem Charme verloren.

Er parkte seinen Wagen direkt vor der *Fischkiste* und lief die letzten Meter zum Hafen. Vorbei an den Holzverschlägen mit den markanten roten Türen, in denen die Fischer ihre Utensilien lagerten, und den Buden auf der Wasserseite, in denen sie ihren fangfrischen Fisch verkauften. Schon von weitem sah Andresen die Menschentraube vor einem der Fischkutter, die im Hafen lagen. Er näherte sich dem vermeintlichen Tatort, als er plötzlich einen leisen Pfiff vernahm. Abrupt wandte sich Andresen um und erblickte einen alten Bekannten. Kalle Hansen, seines Zeichens Privatdetektiv und alter Weggefährte Andresens, lehnte mit Fluppe im Mundwinkel an einer der Wellblechbuden. Mit seinem massigen Körper und den schulterlangen blonden Haaren war Hansen kaum zu übersehen.

»Du bist mir wirklich unheimlich«, sagte Andresen, ohne Hansen zu begrüßen. »Gibt es überhaupt noch ein Verbrechen, bei dem du nicht als Erster auf der Matte stehst?«

»Ich wünsch dir auch einen guten Morgen.« Kalle Hansen verzog seinen Mund zu einem müden Lächeln und strich sich durch die Haare.

»Was machst du hier?«, fragte Andresen. »Hast du die Nacht durchgemacht und bekämpfst deinen aufkommenden Kater mit Fischbrötchen?«

»Nicht ganz«, antwortete Hansen. Für seine Verhältnisse wirkte er ungewohnt ernst. »Thies Bartels war ein alter Kumpel von mir. Wir sind zusammen zur Schule gegangen. Heute Morgen waren wir verabredet, weil er mir etwas Dringendes mitteile wollte. Aber als ich ankam, war er bereits tot.«

»Hast du ihn gefunden?«

Hansen schüttelte den Kopf und zeigte in Richtung einiger Fischer, um die sich die Menschenmenge versammelt hatte. »Einer von den dreien dort drüben hat ihn entdeckt.« Er steckte sich eine weitere Zigarette an, nahm einen tiefen Zug und blies den Rauch stoßweise aus.

Andresen ließ nachdenklich seinen Blick schweifen. »Unfall oder Fremdverschulden?«, fragte er schließlich.

»Ich bezweifle, dass sich Evers den Angelhaken selbst in den Hals gerammt hat und ihm der Hering quer im Mund stecken geblieben ist.«

Andresen sah Hansen irritiert an. Bislang hatte er keine Ahnung gehabt, wie genau Bartels ums Leben gekommen war.

»Klingt grausam«, fuhr Hansen fort. »Aber die Todesursache ist offenbar eine andere. Bartels ist nämlich erstickt. Die Angelschnur war mehrfach um seinen Hals gewickelt.« Hansen zog eine Bierdose aus der Tasche seiner Cargohose und öffnete sie geräuschvoll. »Auch'n Schluck?«

Schon mal auf die Uhr gesehen? Ein starker Kaffee wäre mir lieber. Mich interessiert vielmehr, was hier passiert ist. Kennst du diese Fischer?«

»Jeder hier weiß, wer die drei sind«, antwortete Hansen. »Kai, Peter und Harry. Niendorfer Urgesteine.«

»Glaubst du, sie haben etwas mit der Sache zu tun?«

Hansen zuckte mit den Schultern und schnippte seine Zigarette ins Hafenbecken. »Ich schlage vor, wir reden einfach mal mit ihnen.«

Andresen kletterte auf den Kutter *Marie* und wich einer riesigen Möwe aus, die im Steilflug herangeflogen kam.

»Aufgepasst! Die sind alle mutiert«, rief ihm ein Kollege der Schutzpolizei, die den Tatort abgesperrt hatte, scherzhaft zu. Andresen verkniff sich ein Lächeln und ging über einige lose Holzplanken in Richtung Kajüte.

Vor ihm lag Thies Bartels. Eine seltsam anmutende Leiche. Wie in einem Theaterstück drapiert. Andresen überkam das Gefühl, Bartels würde jeden Moment aufstehen und sich den Hering aus dem Mund ziehen.

Die Position, in der Thies Bartels auf dem Decksboden lag, deutete darauf hin, dass er zur Seite gestürzt sein musste. Der Angelhaken, der seitlich im Hals steckte, hatte sich nur einen Finger breit unter der Haut verkeilt, sodass kaum Blut hervorgetreten war.

»Hier, daran ist er gestorben«, erklärte der Kollege, dessen Name Andresen nicht einfallen wollte, und zeigte auf die Angelschnur, die sich tief in Bartels' Haut eingeschnitten hatte. Jemand hatte sie ihm unzählige Male um den Hals gewickelt, bis sie durchgerissen war. Bartels war damit offenbar zu Tode stranguliert worden. »Der Rest scheint Garnitur zu sein.«

Andresen wunderte sich über die Wortwahl seines Kollegen, verzichtete jedoch auf einen Kommentar. Im Grunde hatte der junge Polizist sogar recht. Der Hering in Bartels' Mund erinnerte ihn an den Apfel im Maul eines Spanferkels.

»Wann ist es passiert?«

»Heute Morgen zwischen sieben und acht. Gefunden hat man ihn allerdings erst gegen halb zehn.«

Andresen bedankte sich und ließ seinen Blick noch eine Weile kreisen. Nachdem er sich den Tatort eingeprägt hatte, verließ er die Kajüte wieder und sprang mit einer ungelenken Bewegung zurück an Land. Dann ging er entschlossenen Schrittes an den Passanten vorbei auf die drei Fischer zu, die in ein Gespräch mit einer jungen Frau verwickelt waren.

»Birger Andresen, Kripo Lübeck«, sagte er. »Ich würde Ihnen gerne ein paar Fragen stellen.« Er nickte der Gruppe zu und gab der unbekannten Frau ein Zeichen, sich allein mit den Fischern unterhalten zu wollen.

»Ich habe nichts mit der Sache zu tun«, antwortete ein großer, schmaler Mann mittleren Alters. Sein Dreitagebart und die ungepflegten Haare erweckten den Anschein, als wäre der Mann tagelang auf hoher See an Bord seines Kutters gewesen. »Aber fragen Sie mal die beiden hier«, redete er weiter. »Harry und Peter lagen doch immer mit Thies im Clinch.«

»Ich verpass dir gleich eine, du mieser Bückling!« Der älteste der drei Fischer, ein untersetzter Mann mit ergrauten Haaren, erhob die Stimme und versuchte erfolglos, sich vor seinem Kollegen aufzubauen. Auch der dritte Fischer mischte sich jetzt ein, indem er den Untersetzten unsanft anstieß. »Ich habe nichts mit der Sache zu tun, aber bei Harry wäre ich mir da auch nicht sicher«, rief er.

Kalle Hansen reagierte sofort und schob seinen wuchtigen Körper zwischen die beiden Streithähne.

»Sehen Sie«, sagte der Große. »Unser Harry wird nicht nur von mir verdächtigt. Fragen Sie ihn doch mal, wo er heute Morgen gewesen ist. Oder soll ich lieber sagen, heute Nacht?« Er lächelte den einen Kopf kleineren Harry selbstzufrieden an und trat noch einen Schritt näher auf ihn zu.

»Ach ja?«, fragte Harry argwöhnisch. »Da bin aber mal gespannt. Ute kann bezeugen, dass ich die ganze Zeit bei ihr gewesen bin.«

»Ausgerechnet Ute? Die steckt doch mit dir unter einer Decke!«

»Schluss jetzt.« Andresen ging dazwischen. »Ein Kollege von Ihnen ist tot und Sie haben nichts Besseres zu tun, als zu streiten. Jetzt mal der Reihe nach: Wer sind Sie, wie gut kannten Sie

Thies Bartels und was haben Sie heute in den frühen Morgenstunden gemacht? Fangen wir mit Ihnen an, Herr ...«

»Sie können mich Kai nennen«, sagte der Große jovial. »Mir gehört die *Silbermöwe*. Thies und ich kannten uns seit mehr als zehn Jahren. Man kann sagen, dass wir ein freundschaftliches Verhältnis hatten.«

»Pah!«, stieß Fischer Peter aus. »Du Heuchler!«

»Thies Bartels ist zwischen sieben und acht Uhr heute Morgen zu Tode gekommen«, sprach Andresen unbeeindruckt weiter. »Wo waren Sie zu dieser Zeit?«

»Auf meinem Boot«, antwortete Kai. »Sehen Sie selbst.« Er zeigte auf die *Silbermöwe*, die nur wenige Meter entfernt von der *Marie* lag.

»Und Sie haben nichts mitbekommen?«, hakte Andresen ungläubig nach.

»Sie kennen meinen Schlaf nicht, Herr Kommissar. Da kann die Welt untergehen und ich merke nichts.«

»Das nehmen Sie diesem Lügner doch wohl nicht ab, oder?«, ereiferte sich Harry. »Kai ist der Einzige, der ein Motiv hat.«

»Ach ja?«, fragte Andresen skeptisch. »Wie darf ich das verstehen?«

»Thies hat ihn bei der Belieferung der großen Fischkette in Timmendorfer Strand ausgestochen«, erklärte Peter. »Ihm steht das Wasser bis zum Hals.«

»Euch doch auch«, konterte Kai.

»Ganz bestimmt nicht«, entgegnete Harry. »Ich will meinen Fisch nicht als Nuggets in zu viel altem Fett gebraten sehen.«

»Besitzen Sie auch einen eigenen Kutter?«, wandte sich Andresen Peter zu.

»Ja, aber nicht vergleichbar mit denen meiner Mitstreiter. Da kann ich nicht mithalten.«

»Wie war Ihr Verhältnis zu Thies Bartels?«

»Neutral.«

»Neutral?«

»Ich mochte ihn nicht, aber wir kamen miteinander aus.«

»Und wo waren Sie heute Morgen?«

»Tut mir leid, aber ich kann Ihnen wohl kein Alibi liefern«, antwortete Peter lächelnd. »Ich war zu Hause und habe ebenfalls noch geschlafen.«

»Wer hat Sie darüber informiert, dass Thies Bartels tot ist?«

»Niemand«, antwortete Peter. »Als ich hier ankam, war ja schon die Hölle los.« Er zuckte mit den Achseln und drehte sich weg.

»Na gut, dann komme ich jetzt zu Ihnen«, sagte Andresen und wandte sich in Richtung Harry. Unter dem lauten Gezeter einer Möwe, die über ihnen kreiste, waren seine Worte jedoch kaum zu verstehen. »Wer ist diese Ute? Ist sie diejenige, mit der Sie vorhin gesprochen haben?« Er blickte sich nach der jungen Frau um, die eben noch bei den Fischern gestanden hatte. Doch sie war nirgends mehr zu sehen.

»Ute ist meine Freundin«, antwortete Harry mürrisch. »Sie arbeitet im Kiosk am Hafeneingang.«

»Also war das gerade nicht Ute?«

»Nein, natürlich nicht. Ute wird nächstes Jahr fünfzig. Wenn Sie es aber genau wissen wollen, das war ...«

»Sie sagte, sie sei von der Presse«, unterbrach Kai Harry.

Andresen glaubte, ein Flackern in seinen Augen zu erkennen.

»Nie im Leben«, murmelte Hansen aus dem Hintergrund. »Ich kenne jede Journalistin in der Lübecker Bucht. Egal von welchem noch so kleinen Käseblatt. Allerdings werde ich das Gefühl nicht los, sie schon einmal ...« Er stockte, dann zeigte er plötzlich aufgeregt in Richtung Norden. »Da ganz hinten ist sie ja!«

Andresen erblickte die blonde Frau, die sich unauffällig entfernt hatte und offenbar an den Strand ging. »Denkst du, was ich denke?«

»Allerdings«, antwortete Hansen. »Jetzt weiß ich nämlich auch, was das für ein Gegenstand war, den sie in der Hand gehalten hat.«

»Was meinst du?«, fragte Andresen.

Kalle Hansen hörte ihn nicht mehr. Er schob sich durch die Menschentraube und lief hinter der unbekannten Frau her.

»Warte!« Ohne lange nachzudenken rannte auch Andresen los. Vorbei an den Menschen und den Fischbuden entlang der Promenade. Nach wenigen Metern hatte er Hansen eingeholt, dessen untrainierter, beleibter Körper offenbar bereits schlappmachte.

»Sie ist schon längst hinterm Alten Zollhaus«, keuchte Hansen. »Einfach immer geradeaus Richtung Meer. Ich schaff das nicht so schnell.«

»Was hast du denn bei ihr gesehen, dass du dir so sicher bist?« Auch Andresen schnaufte jetzt.

»Später, schnapp sie dir erst einmal!«

Andresen rannte weiter. Vorbei am Alten Zollhaus. Die Sonne brannte auf seiner Haut, während er den schmalen, von Schilfrohren gesäumten Weg entlanglief.

Die Frau war nirgends zu sehen.

Nur noch zwanzig Meter bis zum Strand. Zur Linken sah er jetzt den Yachthafen, geradeaus die großen Findlinge, die den Strand begrenzten.

»Warten Sie!«, schrie er, ohne zu wissen, wohin sie überhaupt gegangen war. Seine Worte verhallten unter Möwengeschrei und aufkommendem Wind. Schließlich kletterte er über die Findlinge und sprang mit einem beherzten Satz in den feinen Sand.

Die Frau stand direkt am Wasser und sah mit leeren Augen auf die Ostsee. Ihre Arme hingen schlaff am Körper herunter. Andresen beobachtete sie einige Sekunden. Dann trat er auf sie zu und stellte sich neben sie. »Wer sind Sie?«

Schweigend wandte sie sich ihm zu. Ein flüchtiges Lächeln huschte über ihre Lippen. »Welche Rolle spielt das?«

»Birger Andresen, Kripo Lübeck. Reden wir ein wenig über Thies Bartels.«

Im nächsten Moment tauchte Kalle Hansen auf und kam verschwitzt und nach Luft schnappend durch den Sand herbei gestapft. Er baute sich mit seinem massigen Körper vor der Frau auf. Eine Möwe flog dicht an ihnen vorbei und landete im seichten Wasser. Andresen sah, dass ihr Schnabel ins Wasser fuhr und etwas herauszog. Ein Fischbrötchen. Ohne Fisch.

»Überführt von einer Möwe«, triumphierte Hansen. »So ein Pech aber auch.«

Die Möwe machte zwei Flügelschläge, ehe sie mit den Resten eines Fischbrötchens davonflog.

»Warum der Hering in Bartels' Mund?«, fragte Andresen.

»Das Schwein hat es verdient!«, entgegnete sie energisch.

»Wie ist überhaupt Ihr Name? Und in welchem Verhältnis standen Sie zu Thies Bartels?«

Sie schwieg und starrte wieder auf die zunehmend aufbrausende Ostsee.

»Ich erinnere mich wieder«, sagte Hansen plötzlich. »Sandra Rothe, habe ich recht? Sie waren bis vor Kurzem mit Bartels zusammen.«

Die Frau fuhr herum. »Sie wissen gar nichts!«, stieß sie wütend aus. »Thies hat unsere gesamte Familie betrogen. Erst hat er mich eiskalt abserviert, nachdem ich ihn mit so einem billigen Flittchen erwischt habe, und dann hat er auch noch meinen Vater auf die mieseste Tour hintergangen.«

»Wie meinen Sie das?«, fragte Andresen.

»Na, die Sache mit dem *FastFish*, dieser Fischkette in Timmendorfer Strand. Mein Vater hatte bereits einen Vorvertrag unterzeichnet, aber dann kam Thies und hat seine Fische für einen Kampfpreis angeboten. Der ruiniert die gesamte Fischerei in Niendorf.«

»Verstehe ich Sie richtig, Ihr Vater ist ...«

»Kai Rohwer. Ihm gehört die *Silbermöwe*.«

Andresen blickte Hansen an, doch an dessen Gesichtsausdruck erkannte er, dass auch der stets gut informierte Privatdetektiv über Sandra Rothes Aussage erstaunt war.

»Kommen wir zur entscheidenden Frage«, sagte Andresen. »Haben Sie Bartels allein umgebracht oder hat Ihnen Ihr Vater geholfen?« Er trat noch einen Schritt näher an Sandra Rothe heran.

»Was reden Sie denn da?«, entgegnete sie ungehalten. »Ich habe nichts mit seinem Tod zu tun.« Ihre Augen strahlten Fassungslosigkeit über Andresens Worte aus. »Glauben Sie ernsthaft ...?«

»Ja«, fiel Andresen ihr ins Wort. »Das tun wir.«

»Er war schon tot, als ich ihn gefunden habe«, sagte sie entschieden. »Das müssen Sie mir glauben.« Sandra Rothe klang jetzt verzweifelt. »Ich war noch immer so wütend auf ihn, dass ich ihm einfach den Hering in den Mund gestopft habe.«

»Also hat Ihr Vater Bartels umgebracht?«, warf Hansen etwas zu ungestüm ein. Die Reaktion ließ nicht lange auf sich warten. Sandra Rothe ging auf ihn zu und verpasste ihm eine schallende Ohrfeige. »Wie können Sie so etwas behaupten? Mein Vater ist kein Mörder«, schrie sie mit Tränen in den Augen.

»Wir werden die Wahrheit schon herausfinden.« Andresen griff in die Tasche seiner dünnen Sommerjacke und zog ein Paar

Handschellen heraus. »Zunächst einmal muss ich Sie jedoch wegen des dringenden Tatverdachts, Thies Bartels getötet zu haben, mitnehmen.«

»Das können Sie nicht tun, ich habe nichts ...« Sie brach ab, als vor ihren Augen eine Möwe im Sand landete. Eine von den *Mutierten*, dachte Andresen sofort. Sie war so groß, dass er instinktiv einen Schritt zurück trat. Größer als jede Möwe, die er je zuvor gesehen hatte. In ihrem Schnabel schimmerte ein Gegenstand aus Kunststoff. Blau und rot, mit einem neongelben Streifen. Er schien sich im Maul der Möwe verfangen zu haben.

»Ein Schwimmer«, murmelte Hansen nachdenklich. »Er ist normalerweise an der Angelschnur befestigt.«

Es dauerte einige Sekunden, ehe Andresen die Information verarbeitet hatte. Dann begriff er, was Hansens Worte zu bedeuten hatten. Weder die eifersüchtige Exfreundin noch der konkurrierende Fischer hatten Thies Bartels getötet. Das Ganze musste ein tragischer Unfall gewesen sein. Eine der *Mutierten* hatte Thies Bartels den Garaus gemacht.

Das letzte große Ding

Langeoog

Oke saß ganz hinten rechts in der Ecke direkt am Fenster und blickte starr auf den schneebedeckten Strand und das auflaufende Wasser der Nordsee. Zu dieser Jahreszeit kam die Flut noch schneller und unberechenbarer als üblich. An manch sturmreichen Tagen schwappte sie wie ein kleiner Tsunami an den Strand und nicht selten gegen die windgeplagten Dünen.

Zwei Weihnachtsmänner stapften durch einen volllaufenden Priel. Oke schüttelte voller Unverständnis den Kopf. Wer bei diesen eisigen Temperaturen ins Watt ging, musste lebensmüde sein. Sollten sie doch absaufen, diese Idioten, die sich seit einigen Jahren vor den Festtagen die Hucke vollsoffen und meinten, als Weihnachtsmänner verkleidet raus bis zur großen Sandbank wandern zu müssen. Innerlich fluchte er. Er konnte es nicht leiden, wenn ihm jemand die Show stahl – noch dazu auf derart dilettantische Weise.

Sein Blick schwenkte durch das Restaurant. Der *Seekrug* hatte sich herausgeputzt. Alles war bereits weihnachtlich hergerichtet. Die Lichterketten in den Fensterrahmen strahlten eine dezente Wärme aus und der große Tannenbaum war prachtvoll geschmückt. Es hatte ihn kurzzeitig in den Fingern gejuckt, als er das Restaurant betreten hatte. Zu gern hätte er die Spitze des Baums abgesägt, so wie sie es früher immer bei den Bäumen in der Fußgängerzone getan hatten.

Von weitem konnte er erkennen, dass Piet zu ihm an den Tisch geführt wurde. Vorbei an den vielen Gästen im Restaurant, die kurz nach ihm selbst hereingeströmt waren, als ob ein ganzer Bus vorgefahren wäre.

Piet sah noch immer gut aus. Die Blicke der Frauen im Raum richteten sich sofort auf ihn. Zumindest in dieser Hinsicht stand ihm Piet, den er bereits seit Kindertagen kannte, in nichts nach.

Er war also tatsächlich gekommen. Piet hatte die lange Anreise auf sich genommen, um es noch einmal zu tun – so wie sie es am Telefon besprochen hatten. Alles wie damals, nur diesmal würden sie keine halben Sachen mehr machen.

Heute war der 23. Dezember. Der Tag vor dem Heiligen Abend. Unzählige Male hatte er hier im *Seekrug* auf Langeoog an Weihnachten gesessen und aufs Meer geblickt, Gänsebraten oder Salzwiesenlamm gegessen und sich nicht selten fürchterlich betrunken.

Die Insel war seine Heimat und würde es bis zu seinem Lebensende bleiben. Hier kannte er jedes Sandkorn und jede Heckenrose. Er wusste es als Erster, wenn ein Inselpferd seine Äpfel im Ort abgeladen hatte. Und niemand hier würde es wagen, ihnen in die Quere zu kommen, wenn sie noch einmal zusammen ein großes Ding drehten.

»Du siehst noch immer genauso beschissen aus wie bei unserem letzten Treffen.« Piet setzte sich, ohne Oke anzusehen. »Wo ist mein Bier?«

»Schon bestellt.«

»Also, worum geht's? Ich habe es eilig.«

»Siehst du diese Idioten da draußen? Das geht jetzt schon seit ein paar Jahren so. Die denken allen Ernstes, dass sie mit dem Scheiß eine Tradition aufbauen können. Hackendicht in lächerlichen Kostümen durchs Watt spazieren – was, bitte schön, soll das sein? Das, was wir damals gemacht haben, hatte Stil und Niveau. Wir waren kreativ und haben einigen hier auf der Insel ordentlich ins Glas gepisst.«

»Büst du mall? Stil und Niveau?« Piets lautes Lachen erstarb in einem schweren Hustenanfall. Nach einer Weile fuhr er röchelnd fort: »Würde ich dich nicht besser kennen, könnte man meinen, du bist völlig irre im Kopf.«

Eine junge Frau trat an den Tisch und stellte ein Glas ab. »Geht das so?«

Piet blickte hoch und nickte irritiert. Dann griff er nach dem Glas und hob es hoch. »Oh! Kiek moal doar, 'ne Möwe! Apropos Möwe?! Möwi noch eeinen?!«

»Nicht lang schnacken, Kopp in' Nacken!«

Oke stieß auf und wischte sich mit dem Handrücken den Schaum von den Lippen. »Erinnerst du dich noch an unser erstes Mal? Das war zwei Tage vor Weihnachten. Wir hatten schon am späten Vormittag angefangen zu trinken und plötzlich kam uns dann diese bekloppte Idee mit den Weihnachtsmannkostümen.«

»Wir wollten ein paar Kindern einen kleinen Schrecken einjagen«, sagte Piet lächelnd. »So fing alles an.«

»Wir haben mit der Sache damals so einigen hier einen gehörigen Schrecken eingejagt.« Oke unterdrückte ein Aufstoßen und hielt sich mit der linken Hand eine Serviette vor den Mund. »Wer rechnet schon damit, dass der liebe Weihnachtsmann in Wirklichkeit gar keine Geschenke mitbringt, sondern stattdessen welche haben möchte.«

»Ha!«, rief Piet lauter, als er wohl beabsichtigt hatte. »Zwei Weihnachtsmänner, die mit Schießeisen bewaffnet zwei Dutzend Flaschen Wodka erpressen. Das war 'ne ganz große Nummer.«

»Das Ding zwei Jahre später war auch nicht schlecht«, sagte Oke. »Wie blöd die alle aus der Wäsche geschaut haben, als wir die Pferdekutsche geklaut haben und in den Kostümen durch den Ort geritten sind.«

»Die haben vor allem blöd geschaut, weil du deine Knarre in der Hand gehalten und ein paar Mal abgedrückt hast.«

»*Die Cowboys von der Langeoog reiten durchs Pirolatal ...*«, stimmte Oke mit brüchiger Stimme an. »*Rund ums Flinthörn und durchs Watt bis raus zur Meierei ...*«

»Lass nach!«, fuhr Piet dazwischen. »Ick schmiet die lieks mit een Pantuffel!«

»Was hast du denn?«

»Bei dem Gejaule rollen sich meine Zehennägel hoch. Sag endlich, weshalb ich den langen Weg vom Festland genommen habe. Hoffentlich nicht, um nur über die alten Zeiten zu reden und deinen furchterregenden Singsang anhören zu müssen.«

»So, die Herren, dann hätten wir hier zweimal die Kutterfischplatte.« Die junge Frau war wieder an ihren Tisch getreten und hielt zwei dampfende Teller in den Händen. »Wir haben bei der Auswahl der Fische darauf geachtet, nur Filets zu verwenden. Keine Gräten. Ich denke, das ist ganz in Ihrem Sinne. Dazu Kartoffelstampf und Wintergemüse, gedünstet.«

»Stellen Sie es ab. Mal sehen, ob Ihre Küche noch so gut ist wie damals.«

»Besser.«

»Das sagen sie alle.«

»Lassen Sie es sich schmecken.«

»Smakelk Eten!«, sagte Piet und stach mit seiner Gabel in das Steinbuttfilet auf seinem Teller.

»Smakelk Eten! Jetzt rück endlich damit raus, weshalb wir hier sitzen«, sagte Piet, nachdem er mit seiner Gabel das letzte Stück Fisch aufgespießt hatte und es in seinem Mund verschwunden war. »Willst du die alte Sache ernsthaft wieder aufleben lassen?«

»Ich habe lange überlegt, was wir machen können«, antwortete Oke. »Nach so langer Zeit muss es hier mal wieder einen großen Knall geben. Ich hoffe, du hast heute und morgen noch nichts vor.«

»Eigentlich schon«, antwortete Piet. »Morgen ist Heiligabend, meine Familie in Wittmund wartet auf mich.«

»Du bist also zu so einem richtigen Spießer mutiert.« Oke schüttelte den Kopf und spülte ein Stück Heilbutt mit einem kräftigen Schluck hinunter. »Das mit dem Fest unterm Baum wird dieses Jahr nichts, Piet. Wir beide werden ein großes Ding durchziehen. Genau wie früher, nur etwas größer.«

»Was hast du denn vor?«

»Warte«, sagte Oke. Er bückte sich und zog einen großen Jutesack unter dem Tisch hervor.

»Was ist das? Willst du etwa den Santa Claus spielen und Geschenke verteilen?«

»Sehe ich so aus?«

»Nein.«

»Hier in diesem Sack sind unsere Kostüme von damals. Vielleicht sitzen sie mittlerweile etwas stramm, aber für ein letztes großes Ding sollten sie genügen.« Oke hob seinen Arm und versuchte vergeblich, mit Mittelfinger und Daumen zu schnipsen. Dennoch trat die junge Frau Sekunden später wieder an ihren Tisch.

»Hat's geschmeckt?«

»Ein wenig fad, aber einigermaßen okay«, antwortete Oke launisch. »Bringen Sie uns noch zwei Herrengedecke.«

»Sehr gern.«

»Du weißt doch bestimmt noch, was ich damals vorgehabt habe, oder?«, fragte Oke, nachdem sich die Frau wieder entfernt hatte. »Die Sache, zu der es dann leider nicht mehr gekommen ist.«

»Etwa die Nummer mit dem Schiff?«, fragte Piet mit weit aufgerissenen Augen. »Das ist jetzt nicht dein Ernst?«

»Und ob«, antwortete Oke. »Wir ziehen das noch heute durch. Und wenn es das Letzte ist, was ich mache. Wir kapern die *Langeoog III*, fahren einmal um alle Inseln herum und setzen sie anschließend auf den Strand.«

»Weshalb noch mal?«

»Weshalb? Das fragst du mich tatsächlich?«

»Nun, damals wolltest du Grit beeindrucken, richtig?«

»Ganz genau! Um ein Haar wäre ich erfolgreich gewesen.«

»Grit ist schon lange tot, wem willst du denn bitte schön mit dieser Sache heute imponieren?«

»Dreh dich mal unauffällig um«, sagte Oke leise. »Siehst du die Perle da hinten am Fenster?«

»Wer ist das?«

»Femke.«

»Sagt mir gar nichts.«

»Grits Enkeltochter.« Oke lächelte schief, sodass ein Spuckefaden aus seinem Mundwinkel rann. »Ich habe mir sagen lassen, dass sie verabredet ist und exakt auf diesem Platz bis heute Abend sitzen bleiben wird. Sie wird alles mit ansehen, und am Ende setzen wir die *Langeoog III* genau vor ihrer Nase auf den Strand. Und dann steigen wir in unseren Kostümen und Zigarre rauchend von Bord.«

»Hast du in den letzten Jahren eigentlich mal in den Spiegel gesehen?«, fragte Piet lächelnd. »Glaubst du wirklich, dass dieses junge Ding dich will, nur weil du hier ein bisschen auf die Kacke haust?«

»Natürlich will sie das«, antwortete Oke entrüstet. »Sieh mich an, ich bin zwar nicht mehr der Jüngste, aber dafür immer noch ganz schön knackig. Jede Frau steht auf Typen, wie wir es sind. Harte Kerle, ein bisschen verrückt und vor allem mit Eiern in der Hose.«

Piet nippte an seinem Getränk und blickte skeptisch durch die Panoramascheibe hinaus aufs Meer. Es schien, als habe er Zweifel an Okes Plänen.

»Mach dir mal nicht ins Hemd«, sagte Oke nach einer Weile des Schweigens. »Für dich fällt da auch noch etwas ab. Femke trifft sich hier gleich mit ihrer Mutter. Die ist auch nicht zu verachten. Und komm mir jetzt bloß nicht mit deiner Familie, das hat dich früher auch nicht abgehalten.«

»Schon gut, ich muss das nicht mehr haben«, sagte Piet. »Sag mir lieber, wie das Ganze überhaupt laufen soll?«

»Wir ziehen uns jetzt gleich unsere Kostüme an, bewaffnen uns und machen dann hier ein wenig auf Show. Ganz einfach.«

»Auf Show?«

»Wir springen auf die Tische, ballern ein wenig rum und nehmen vielleicht noch ein paar Geiseln. Draußen warten zwei Pferde, auf denen wir Richtung Hafen reiten werden.«

»Kann es sein, dass du deine Medikamente abgesetzt hast?«, fragte Piet. Er lächelte unsicher.

»Ein letztes großes Ding, Piet«, antwortete Oke beschwingt. »Denkst du ernsthaft, ich könnte das machen, wenn ich mit diesem Zeug vollgepumpt wäre. Ich brauche einen klaren Kopf.« Er warf einen letzten prüfenden Blick durchs Restaurant. Dann griff er nach seinem Sack und zog die Weihnachtsmannkostüme hervor. »Zieh das jetzt an.«

Die beiden schlüpften unter den erstaunten Blicken der anderen Gäste mühevoll in ihre schweren Kostüme. Anschließend klebten sie sich gegenseitig die langen, weißen Bärte an.

»Und nun auf den Tisch.« Oke erhob sich, stieg unter lautem Ächzen auf seinen Stuhl und dann auf den Tisch.

Dort stand er also. Verkleidet als Weihnachtsmann, genau wie damals. Die Leute liebten den Weihnachtsmann. Egal, was er tat. Er war der Gute. Zumindest so lange, bis sie realisierten, was Oke wirklich im Schilde führte.

Er langte in die rechte Tasche seines rot-weißen Kostüms. Vorsichtig umfasste er die Pistole. Das Gefühl von damals war sofort wieder da. Der Griff mit den feinen Kerben darin, es war, als hätte er ihn erst gestern zum letzten Mal in der Hand gespürt.

Erhaben ließ er seinen Blick über die Menge schweifen. Es schien so, als blickten die anderen Gäste zunehmend verstört zu ihm auf. Vielleicht ahnten einige bereits, was er vorhatte. Oke bedeutete Piet, endlich auch zu ihm auf den Tisch zu steigen.

Im nächsten Moment erschien die junge Bedienung wieder an ihrem Tisch und stellte eine neue Runde Getränke ab. Diesmal kam sie jedoch in Begleitung einer resoluten Frau in den Fünfzigern. Oke kannte die Frau, doch es fiel ihm schwer einzuordnen, woher.

»Komm da runter, Oke!«, sagte sie streng. »Lass den Quatsch und trink deinen Magentee aus. Unser Schiff legt in einer Stunde ab, wir müssen jetzt los in Richtung Hafen. Unser E-Mobil wartet draußen.«

»Heute gibt es eine kleine Planänderung«, sagte Oke laut, sodass es alle im Restaurant hören konnten. »Das hier ist mein alter Kumpel Piet, er ist extra vom Festland hierhergekommen, um ein letztes großes Ding mit mir zu drehen. Unsere Pferde stehen bereits gesattelt vor der Tür.«

»Verdammt, Oke, du hast schon wieder vergessen, deine Tabletten zu nehmen«, redete die Frau unbeeindruckt weiter. »Hier ist dein Pferd.« Sie schob einen Rollator an den Tisch und reckte Oke die Hand hin. »Fünfundachtzig Jahre alt und albern wie ein Zehnjähriger«, murmelte sie, während sie ihm beim Abstieg half. »Wenn es nicht so traurig wäre, könnte ich fast über dich lachen.«

»Wer bist du eigentlich?«, fragte Oke plötzlich. Er schüttelte den Kopf und blickte die Frau aus verwirrten Augen an. Seine Mimik veränderte sich, die Entschlossenheit verschwand abrupt, stattdessen entglitten ihm seine Gesichtszüge. Erschöpft stützte er sich auf den Rollator, gerade noch rechtzeitig, bevor der Boden unter den Füßen schwand.

»Ach, Oke«, seufzte die Frau. »Du bist wirklich ein besonders schwerer Fall. Lass uns jetzt alle zusammen zurück nach Esens in unser Gemeinschaftshaus fahren. Morgen werden dich die Ärzte dann neu einstellen. Und anschließend feiern wir Weihnachten.«

»Nein, ich will nicht mehr«, flüsterte Oke. »Kein Gemeinschaftshaus, keine Ärzte. Lass mich hier zurück.«

»Ganz bestimmt nicht, komm jetzt mit.« Sie nickte Oke aufmunternd zu und wandte sich langsam von ihm ab.

»Dann heißt es wohl, tschüss zu sagen.« Piet schob seinen Rollator direkt neben den von Oke und klopfte ihm auf die Schultern. »Wär 'ne große Sache geworden, aber leider sind wir ein wenig zu alt dafür. Und was soll der junge Hüpfer da hinten schon mit dir anfangen? Außer dir neue Windeln anzulegen?« Er lachte, ehe er von einem erneuten Hustenanfall durchgeschüttelt wurde.

»Komm mit«, sagte Oke.

Piets Husten legte sich endlich. »Wie bitte?«

»Siehst du diese ganzen alten Menschen hier? Mit denen lebe ich unter einem Dach, aber ich kenne sie überhaupt nicht. Lass uns beide doch zusammen Weihnachten feiern. Vielleicht ist es unser letztes gemeinsames Fest.«

»Aber meine Familie ...«

»Sie wird es verstehen«, drängte Oke.

»Du hast recht.« Piet nickte.

Mitsamt ihren Rollatoren wandten sich die beiden um und folgten der Gruppe, die sich zögerlich in Bewegung setzte.

Während sie langsam das Restaurant verließen, um sich zurück aufs Festland fahren zu lassen, holte Oke aus der linken Tasche seines Kostüms eine zweite Pistole hervor und ließ sie unauffällig in Piets Manteltasche verschwinden. »Die brauchst du noch«, sagte er leise. »Das wird das aufregendste Weihnachtsfest, das wir je hatten.«

Die Muse von Karl Lagerfeld

Travemünde

Wie der kommunale Behördenapparat tickte, wusste ich genau. Schließlich war ich selbst vor einigen Jahren dem Prokrastinatentum verfallen gewesen. Ich hatte eine Zeit lang auf dem Friedhofsamt gearbeitet, als Mädchen für alles. Tippse und menschlicher Kaffeeautomat sozusagen. Miese Bezahlung für einen Job, den ich meinem schlimmsten Feind nicht wünschte.

Mittlerweile saß ich am Empfang einer bekannten Lübecker Firma und hatte erstmals das Gefühl, dass meine Arbeit geschätzt wurde. Und ganz nebenbei hatte mir der Jobwechsel auch aus privater Sicht gutgetan. *Never fuck the company* galt nicht für mich. Ich hatte mir kurzerhand den Marketingleiter geangelt. Phillip war gerade einmal zweiunddreißig und ich war mir sicher, dass er karrieremäßig eines Tages groß rauskommen würde. Er war einer vom Typ Geschäftsführer, ein Macher, einer, der es verstand, die passenden Worte im richtigen Moment zu sagen.

In seinen körperbetonten teuren Anzügen erinnerte er mich manchmal an Baptiste Giabiconi, die Muse von Karl Lagerfeld. Ein wenig schwul wirkte er schon. Aber das störte mich nicht. Er war nett, zuvorkommend und hatte Kohle. Und er hatte kein Problem damit, dass ich zehn Jahre älter war als er.

Das Thema Heirat hatte er als Erster in den Mund genommen. Anfangs fand ich die Idee vollkommen abwegig. Einen Jungspund wie ihn zu heiraten, erschien mir absurd. Mein erster Partner war damals acht Jahre älter als ich gewesen.

Schließlich war ich es aber selbst gewesen, der die entscheidende Frage gestellt hatte. Mir bedeutete der Bund der Ehe nichts, aber je länger ich darüber nachdachte, desto mehr hatte mir der Gedanke gefallen, Phillip zum Mann zu nehmen.

Er hatte nur kurz gezögert, nicht mehr als ein paar Sekunden. Aber immerhin so lange, dass ich mich aus gekränktem Stolz innerlich schon von ihm getrennt hatte. Schließlich war doch noch das erlösende Ja aus seinem Mund gekommen.

Jetzt saß ich hier auf dem Standesamt an der Ratzeburger Allee und blickte einem Mann in die Augen, der schon seit Minuten nichts anderes tat, als Daten aus meinem Personalausweis in den Computer einzuhacken. Mit der Ruhe und Langsamkeit eines Faultiers ging der schweigsame Standesbeamte seinem Job nach.

Das Seltsame an seinem äußeren Erscheinungsbild war die Tatsache, dass er so gar nicht wie ein Beamter aussah. Er wirkte sportlich, war gut gebaut und noch keine dreißig. Sein Teint war sonnengebräunt und das lockere kurzärmlige Karohemd erinnerte an einen Surferboy. Für den Bruchteil einer Sekunde erwischte ich mich dabei, bei seinem Anblick schmutzige Gedanken zu spinnen. Dann rief ich mir jedoch augenblicklich wieder den Grund meines Besuchs vor Augen.

»Ich hoffe, es ist alles in Ordnung mit meinen Unterlagen?« Mit aufgesetzter Freundlichkeit versuchte ich die unerträgliche Stille zu durchbrechen und ein Gespräch zu inszenieren.

Nichts.

Der Mann zeigte nicht die geringste Reaktion, während er weiter Daten in seinen Computer eintippte. Erst nach einigen Minuten hob er seinen Kopf an und blickte mir in die Augen.

»Jetzt die Unterlagen Ihres Partners«, murmelte der Mann mit monotoner Stimme.

Was für ein langweiliger, stinköder Kotzbrocken, dachte ich. Da half ihm auch sein zweifellos gutes Aussehen nicht.

Auf einem kleinen Pappschild auf seinem Schreibtisch entdeckte ich seinen Namen. Mario Sachs. Ich schob ihm Phillips Dokumente und seinen Personalausweis über den Tisch und wartete auf eine Reaktion. Der Beamte zuckte kurz und kniff die Augen zusammen. Dann atmete er angestrengt aus und begann damit, auch Phillips Daten in seinen Computer einzugeben. Wieder vergingen endlose Minuten, in denen ich mir Schöneres hätte vorstellen können, als hier in diesem miefigen Amtszimmer zu sitzen und dem launigen Beamten bei dessen eintöniger Arbeit zuzusehen.

Ich warf einen verstohlenen Blick auf meine Uhr. Seit einer halben Stunde saß ich nun schon hier, ohne dass die entscheidenden Dinge geklärt worden waren. Ich fragte mich, ob Standesbeamte womöglich die größten Schlafmützen unter allen Beamten waren. Serviceorientierung besaßen sie jedenfalls nicht, genauso wenig wie das feine Gespür für Situationen, in denen es angebracht war, mal eine Schippe draufzulegen. Angesichts der wartenden Menschenmasse vor dem Büro wäre das durchaus angebracht gewesen. Doch dies alles interessierte Herrn Sachs nicht im Geringsten. Mit all seiner Langsamkeit füllte er einen Bogen nach dem anderen aus. Plötzlich – nach weiteren zehn Minuten – blickte der Mann wieder hoch und bewegte seine Lippen. Tatsächlich redete er mit mir.

»Wo soll die Heirat stattfinden?«

»Auf der *Passat* in Travemünde.«

»Die ganz romantische Nummer, was?«

»Naja, wenn Sie es so ...«

»Damit wir uns klar verstehen«, fiel mir Sachs ins Wort. »Ich bin gegen diese Heirat.«

»Wie meinen Sie das?«, fragte ich erstaunt.

»Ich muss das hier machen, weil es mein Job ist. Aber denken Sie nicht, dass ich das gerne mache.«

»Ich glaube, ich verstehe Sie nicht so ganz.«

»Das macht nichts. Hier sind Ihre Dokumente.«

Er schob mir die Unterlagen zurück und griff nach einem Ordner, der irgendwo unter seinem Schreibtisch gestanden haben musste. Mit Beharrlichkeit wich er meinem Blick aus und ignorierte mich.

»Haben Sie den Termin für die Hochzeit denn überhaupt notiert?«, wollte ich wissen. Allmählich ging mir dieser mundfaule Beamte gehörig auf die Nerven.

»Ich habe Ihren Wunsch zur Kenntnis genommen. Wir werden sehen, was sich machen lässt.«

»Wir werden sehen, was sich machen lässt?«, wiederholte ich die Worte aufgebracht. »Ich möchte verdammt noch mal heiraten. Was zum Teufel ist denn das Problem? Das grenzt ja an Diskriminierung«, erwiderte ich aufgeregt. »Ich werde mich bei Ihrem Vorgesetzten über Sie beschweren.«

»Tun Sie das ruhig«, antwortete der Mann unbeeindruckt.

Ich stand auf, drehte mich auf dem Absatz um und verließ den kleinen Raum. In der Tür hielt ich noch einmal inne und wandte mich um.

»Sobald Sie wissen, wer unser Standesbeamte sein wird, geben Sie mir bitte Bescheid. Wir möchten noch ein paar Details klären.«

Plötzlich lächelte der Mann. Er hatte zuvor kein einziges Mal seine ernste Miene verzogen, doch jetzt brach alles aus ihm heraus. Seine strahlend weißen Zähne blitzten auf, Grübchen in den Wangen traten hervor.

»Was ist so witzig?«, fragte ich ihn genervt und gleichzeitig verunsichert.

»Ich sag's Ihnen sofort ...« Der Mann lachte so laut, dass seine Worte kaum zu verstehen waren. »Ich werde der Standesbeamte sein, der Sie trauen wird.«

Begleitet von einem lauten Seufzer fiel mir die Kinnlade runter. Dieser widerliche Kotzbrocken sollte mich nach dem Jawort fragen. Ich konnte mir nichts Schlimmeres vorstellen.

Ohne noch etwas zu sagen, drehte ich mich um und verließ das Standesamt endgültig.

Am Abend saß ich mit Phillip zusammen und berichtete ihm von dem Gespräch. Wir waren uns sofort einig, unter diesen Bedingungen nicht zu heiraten. Es sollte der schönste Tag in unserem Leben werden, zumindest hatte ich Phillip gegenüber immer so getan. Er musste ja nicht wissen, wie sehr mir diese ganze Gefühlsduselei auf die Nerven ging. Und außerdem war es schließlich so, dass ich ihn tatsächlich mochte. Wir beschlossen kurzerhand, den Termin um ein paar Tage zu verlegen, auf ein Datum, an dem uns ein anderer Standesbeamter trauen sollte.

In der folgenden Nacht schlief ich schlechter als üblich. Phillip wälzte sich neben mir hin und her. Doch der eigentliche Grund für meine Schlaflosigkeit war ein anderer. Immer und immer wieder spukte mir dieser Mann im Kopf herum. Dieser unfreundliche, intolerante Wichtigtuer, der trotzdem so gar nicht an einen spießigen Beamten erinnerte. Er hatte so männlich ausgesehen mit seinen wohldefinierten Bizepsen und Brustmuskeln. Und dann diese Bruce-Willis-Glatze. Ganz anders als Phillip, dessen schlaksiger Körper etwas Metrosexuelles ausstrahlte.

Ich beschloss, am nächsten Tag noch einmal zum Standesamt zu fahren und mehr über den Mann meines nächtlichen Traums in Erfahrung zu bringen.

Ich erkannte ihn schon von weitem. Der knackige Körper vor dem altersschwachen Kopierer auf dem Flur des Standesamtes wirkte fehl am Platz. Pure Verschwendung, wenn man bedachte, dass er ohne weiteres als Model oder wenigstens als Fitnesstrainer hätte arbeiten können. Ich stellte mir vor, wie er sich seinen nackten Oberkörper mit Öl eincremte und lasziv posierte. Noch in Gedanken versunken näherte ich mich ihm. Reflexartig gab ich ihm einen Klaps auf den Hintern und drückte einmal fest zu.

Er drehte sich abrupt um und blickte mich so überrascht an, dass ich einen Moment lang befürchtete, er wolle handgreiflich werden. Doch dann lächelte er. Nur für den Bruchteil einer Sekunde, aber so aufreizend, dass es keinen Zweifel geben konnte. Er war auch scharf auf mich. Ich fackelte nicht lange und schob ihn durch eine angelehnte Tür in einen kleinen Raum. Ich musste kurz schmunzeln. Das Ganze erinnerte mich an Boris Beckers Besenkammernummer. Vollkommen surreal. Trotzdem knöpfte ich meinem Gegenüber die Hose auf...

Nach dem kurzen Tête-à-tête hatte ich mit Mario – so durfte ich ihn jetzt nennen – ausgemacht, dass er die Hochzeit zwischen Phillip und mir nach unseren Wünschen arrangieren sollte. Er versprach mir sogar, sich dafür einzusetzen, dass wir doch noch an unserem Wunschdatum einen Termin bekamen, ohne ihn als Standesbeamten.

Anschließend fuhr ich ein paar Tage zu meiner Schwester ins Ruhrgebiet. Die Reise passte mir nicht wirklich in den Kram, aber sie war schon lange ausgemacht. Als ich zurückkam, hatte ich Lust auf Phillip. Trotzdem musste ich noch immer an meine Besenkammeraffäre denken. Irgendetwas hatte dieser Typ, was mich nicht mehr losließ.

Am Sonntagabend fuhr ich auf direktem Weg zu Phillip. Ich hatte darauf verzichtet, ihm vorher Bescheid zu geben. Spontane Wiedersehensfreude brachte nämlich den besten Sex mit sich.

Woran genau ich es erkannte, konnte ich im Nachhinein nicht mehr sagen. Aber ich war mir sofort sicher, dass Phillip Besuch hatte. Der rote *Beetle* vor dem Haus hätte auch zu den Nachbarn gehören können, aber irgendetwas ließ meine Alarmglocken schrillen.

Ich fackelte nicht lange und betrat das Grundstück. Phillip wohnte in einem schicken Erdgeschossappartement direkt an der Obertrave. Viel teurer und exklusiver konnte man in Lübeck kaum leben. Ich war immer wieder aufs Neue überrascht, wie viel Kohle Phillip in seinen jungen Jahren bereits beiseite geschafft hatte.

Ich besaß einen Schlüssel für die Wohnung, entschied mich aber spontan noch einmal anders und schlich stattdessen um das Gebäude herum. Es gab eine Stelle, von der ich ungestört ins Wohnungsinnere blicken konnte, ohne dass ich selbst Gefahr lief, erkannt zu werden.

Das, was ich sah, wollte ich nicht glauben. Sie hatten es nicht einmal für nötig gehalten, das Licht auszuschalten. Ich erkannte ihre nackten Körper, wie sie sich quer durch die Wohnung liebten. Einen Moment lang stieg ein Ekelgefühl in mir hoch und ich hatte Probleme, ihm nicht nachzugeben. Obwohl Phillip nicht meine große Liebe war, brach es mir das Herz, ihn mit jemand anderem zu sehen. Ich war es nicht gewohnt, verarscht zu werden. Ich war doch der, der die Beziehungszügel in der Hand hielt.

Ich lehnte mich an die Hauswand und rutschte frustriert an ihr herunter. Die Blöße, mir dieses Schauspiel noch länger anzusehen, wollte ich mir nicht geben.

Ich verharrte noch einige Minuten, dann stand ich auf und verließ das Grundstück. Ich hatte mir geschworen, es Phillip heimzuzahlen. Er würde definitiv nicht ungestraft davonkommen.

Um Viertel nach sechs am nächsten Morgen klopfte es an meiner Wohnungstür. Schlaftrunken öffnete ich und sah mich mehreren Streifenpolizisten und zwei Zivilfahndern gegenüber. Sie erklärten mir meine Rechte und legten mir wortlos die Handschellen an.

»Was soll ich denn gemacht haben?«, erkundigte ich mich.

»Sie stehen unter dringendem Verdacht, Phillip Rieckmann umgebracht zu haben«, antwortete der ältere der beiden Polizisten.

Ich war mir sicher, dass ich mich verhört hatte, und hakte noch einmal nach. Aber die Antwort blieb aus. Stattdessen zuckten sie mit den Schultern.

»Wollen Sie eine Aussage machen?«

»Nein«, antwortete ich aufgebracht. Ich war so schockiert über das, was ich gerade gehört hatte, dass es mir schwerfiel, einen klaren Gedanken zu fassen. Als ich mich endlich wieder gesammelt hatte, präsentierte ich den Polizisten mein Alibi. Jetzt war es ohnehin egal, Phillip war tot.

»Das hier ist David.« Ich zeigte auf die offene Schlafzimmertür und den attraktiven Mann, der in meinem Bett lag. Ein netter junger Mann vom Escort-Service. Nach dem Schock von gestern Abend war mir einfach nach ein bisschen Spaß gewesen. Ich kannte David von früher, wir waren sozusagen eingespielt.

Der ältere Polizist zeigte keine Reaktion. Stattdessen zückte er sein Handy und wandte sich von mir ab.

»Warten Sie!«, rief ich hinter ihm her. »Sie müssen mich freilassen.«

»Warum sollten wir?«, entgegnete der andere Beamte.

»Weil ich nichts mit Phillips Tod zu tun habe. David und ich waren den ganzen Abend und die Nacht zusammen. Sag es ihnen, David.«

David schwieg. Ihn schien die Situation zu überfordern.

»Phillip Rieckmann war ihr Lebensgefährte«, entgegnete der Polizist. »Und Sie haben nichts Besseres zu tun, als sich mit jemandem vom Escort-Service zu vergnügen. Weshalb sollte ich Ihnen glauben, dass Sie Ihren Partner nicht ermordet haben?«

»Moment!«, fuhr ich dazwischen. »Das eine hat mit dem anderen doch nichts zu tun. Außerdem hatte ich meine Gründe, mich mit David zu treffen.«

»Ach?«

Verdammt, dachte ich. Ich hatte mich verplappert. Sollte ich vielleicht erzählen, dass ich gestern Abend bei Phillip gewesen war und ihn beim Fremdgehen erwischt hatte? Nein, besser nicht. Womöglich würde der Verdacht tatsächlich noch auf mich fallen. Ich verzichtete darauf, dem Polizisten zu antworten, und ließ mich stattdessen anstandslos abführen.

Zwischendurch kontaktierte ich einen befreundeten Anwalt. Zwei Stunden später war ich wieder ein freier Mann. Der Verdacht gegen mich war unhaltbar gewesen und so war ich schneller freigelassen worden, als mir lieb war. Schließlich hätte ich nichts dagegen gehabt, wenn mir der knackige Polizist noch einmal die Handschellen angelegt hätte.

Am Nachmittag fuhr ich ans Brodtener Steilufer. Ich wollte den Kopf freibekommen und über alles nachdenken. Gerade als ich im Begriff war, aus meinem Auto auszusteigen, klingelte mein Handy.

Ich meldete mich mit einem kurzen »Ja?«.

»Mario hier. Wir müssen reden. Treffen wir uns in einer halben Stunde auf der *Passat*? Ich verschaffe uns Zutritt.«

»Moment mal!«, rief ich. Zu spät. Er hatte bereits aufgelegt.

Ich zögerte nicht lange und machte mich auf den Weg. Vielleicht war es hilfreich, mit Mario zu reden, zu viele Fragen lagen mir auf der Zunge. Dass wir uns nun ausgerechnet auf der *Pas-*

sat treffen sollten, wo er Phillip und mich hätte trauen sollen, empfand ich allerdings als Provokation.

Als ich ankam, wartete Mario bereits auf dem Steg vor der *Passat*. Er sah noch besser aus, als ich ihn in Erinnerung hatte.

»Komm mit«, sagte er. »Wir unterhalten uns in Ruhe an Bord.«

Ich folgte ihm wortlos, die ganze Zeit auf seinen Hintern starrend. Wir gingen in den hinteren Bereich der Viermastbark, die gerade erst ihren hundertjährigen Geburtstag gefeiert hatte. In der Nähe der Reling blieben wir stehen und blickten auf die Mündung der Trave. Einige Segelboote kreuzten, am Horizont näherte sich eine Ostseefähre.

»Weshalb sind wir hier?«, durchbrach ich schließlich die Stille.

Mario wandte sich um und sah mir jetzt direkt in die Augen.

»Hier wolltest du eigentlich Phillip heiraten. Jetzt stehen aber wir beide hier.«

»Und?«, fragte ich. Sein geheimnisvolles Getue ging mir auf die Nerven. »Du kannst dir vielleicht vorstellen, dass ich das Ganze etwas geschmacklos finde.«

»Ja, sicherlich. Aber besondere Momente erfordern nun mal besondere Maßnahmen.«

»Wovon sprichst du?«

»Dass wir hier heute etwas feiern wollen.«

»Du spinnst doch total!«, rief ich laut. »Phillip ist tot. Mir ist nicht nach Feiern zumute.«

Plötzlich spürte ich Marios Hände, die sich auf meine Schultern legten. Ich fuhr herum und blickte ihm in die Augen. »Was willst du von mir?«

»Ich glaube, Phillip war nicht der, für den du ihn gehalten hast«, flüsterte Mario und strich mir sanft über die Wange. »Du hast etwas Besseres verdient.«

Ich war irritiert. Marios offensive Annäherungsversuche ließen mich nicht kalt. Aber woher wollte er denn wissen, was für ein Typ Phillip gewesen war?

»Ob du es glaubst oder nicht, aber ich habe mich in dich ...«

»Ich glaube, das wird mir alles zu viel«, unterbrach ich ihn. Die Situation war ohnehin schon unangenehm genug.

Ich wollte mich wegdrehen und die *Passat* verlassen, doch Mario hielt mich am Arm fest und zog mich zu sich heran. Ehe ich mich versah, waren seine Lippen auf meinen. Wir küssten uns leidenschaftlich. Minutenlang. Ich verdrängte für einen Moment die Gedanken an Phillip, seinen Tod und das, was ich gestern Abend durch das Wohnzimmerfenster von Phillips Wohnung beobachtet hatte. Bis mir klar wurde, dass ich unbedingt den Mann, mit dem sich Phillip vergnügt hatte, finden musste. Die Wahrscheinlichkeit war hoch, dass er etwas mit Phillips Tod zu tun hatte.

»Was ist los?«, fragte Mario. »Woran denkst du?«

»Mir will einfach nicht in den Kopf, wer zu so etwas fähig ist«, antwortete ich nachdenklich. »Wer hatte einen Grund, Phillip umzubringen?«

Mario zuckte mit den Schultern und streichelte mir wieder über die Wange. »Komm«, sagte er schließlich. »Lass uns zu mir fahren. Vielleicht hat die ganze Sache ja sogar etwas Gutes.« Er gab mir einen Kuss und lächelte.

Obwohl ich aufgrund seines Kommentars sauer auf ihn hätte sein müssen, lächelte ich zurück. Ich mochte ihn trotz seines bisweilen schroffen Tonfalls. Keine Ahnung, ob er sich tatsächlich mehr ausrechnete, aber einen Versuch war es allemal wert. Phillip war tot und ich musste sehen, wo ich blieb. Ich nahm seine Hand und wir verließen gemeinsam die *Passat*.

Wir parkten direkt nebeneinander. Mario stieg in seinen *Beetle* und ich in meinen *Polo*. Langsam fuhren wir los in Richtung der kleinen Autofähre, die uns über die Trave setzen sollte. Der Gedanke, dass mit Mario etwas nicht stimmte, kam urplötzlich. Beinahe wie aus dem Nichts. Doch der Grund lag auf der Hand, er fuhr nämlich vor mir.

Marios roter *Beetle*. Ich kannte ihn. Hatte ihn erst vor kurzem gesehen. Gestern Abend. Er hatte vor Phillips Wohnung gestanden.

Jetzt ratterten die Gedanken nur so durch meinen Kopf. Alles ergab plötzlich einen Sinn. Der fremde Mann, mit dem ich Phillip erwischt hatte. Es war Mario gewesen. Die beiden hatten offenbar ein Verhältnis gehabt, deshalb hatte er auch behaupten können, dass Phillip nicht der gewesen war, für den ich ihn gehalten hatte. Und deshalb war er auf dem Standesamt auch so unfreundlich zu mir gewesen. Vielleicht war die Sache zwischen ihm und Phillip schon länger gelaufen.

Einen Augenblick lang wurde mir schwarz vor Augen. Ich klammerte mich am Lenkrad fest, während ich hinter Mario herfuhr. Hatte er etwa Phillip umgebracht? Ich hielt es für möglich, von Sekunde zu Sekunde sogar wahrscheinlicher.

An den Rückleuchten des *Beetle* erkannte ich, dass Mario bremste. Immer langsamer rollte er auf den Fähranleger zu. Dieses Schwein hatte also tatsächlich mit meinem Freund, meinem zukünftigen Mann, gevögelt. Und anschließend hatte er ihn umgebracht, weil er lieber mit mir zusammen sein wollte. Wahrscheinlich weil ich es ihm besser besorgt hatte. Was für ein kranker Psychopath! Und ich Idiot war auf ihn hereingefallen.

Plötzlich gab ich Gas. Mein rechter Fuß ließ sich nicht mehr kontrollieren, er klebte förmlich am Gaspedal. Ich wurde immer schneller, auf dem Tacho sah ich, dass ich schon mehr als achtzig Sachen draufhatte. Es waren nur noch wenige Meter. Ich trat noch stärker aufs Pedal. Von weitem sah ich, dass die Fähre gerade abgelegt hatte.

Der Aufprall auf den Wagen war hart. Wir durchbrachen die Schranke und ich schob den *Beetle* quer über den Anleger. Vergebens wartete ich darauf, dass wir zum Stehen kamen. Marios Wagen schleuderte vor mir her. Entsetzt realisierte ich, dass er sich mit der Fahrerseite in den dicken Pfeiler des Pontonanlegers bohrte. Den Aufprall konnte Mario unmöglich überlebt haben.

Noch während ich darüber nachdachte, wie tief die Trave an dieser Stelle wohl sein mochte, rutschte mein Auto immer weiter über die Außenkante des Anlegers. Mit den Vorderreifen in der Luft hängend balancierte ich über dem Abgrund. Eine falsche Bewegung und...

Zu spät. Ich spürte, wie mein *Polo* langsam vornüber kippte. Im nächsten Moment auch schon der Aufschlag. Weitere Sekunden später drang Wasser ins Wageninnere. Für einen kurzen Augenblick wurde ich panisch und versuchte verzweifelt die Fahrertür aufzustoßen. Doch es tat sich nichts. Der Wasserwiderstand war einfach zu groß.

Wie in Zeitlupe sank ich auf den Grund der Trave. Ich zählte die Meter. Einen nach dem anderen. Als ich bei zehn war, gab es einen Ruck. Ich war unten angekommen. Dann schloss ich die Augen.

Picassos Pinsel

Heiligenhafen

Er schwang seinen Pinsel auf und ab. Mal mit mehr Druck, mal nur ganz sanft. Doch stets fokussiert, mit dem Ziel, das perfekte Bild zu malen. Immer und immer wieder feilte er mit seinen Farben an den Tönen und Verläufen, Ostsee und Himmel durften nicht zu sehr miteinander verschmelzen.

Jemand hatte ihn einmal Picasso genannt. Wahrscheinlich aus Spaß und nicht weil derjenige ihn wirklich bewundert hatte. Aber die Worte waren hängen geblieben, sie hatten ihm geschmeichelt. So sehr, dass er sich einen Künstlernamen zugelegt hatte. Fortan hatte er Pablo geheißen.

Die kleine Pause hatte ihm gutgetan. Er war ans Wasser gegangen, hatte aufs Meer geblickt. Dreißig, vielleicht vierzig Minuten. Die Zeit war davongeflogen, während er seinen Gedanken freien Lauf gelassen hatte. Eine seltsame Leere hatte ihn während dieser Zeit erfasst. Minuten, auf die sein Gedächtnis keinen Zugriff mehr hatte. Immerhin erinnerte er sich noch an die Frau im Wasser. Sie war oft hier und er mochte sie. Allzu gern beobachtete er sie. Ihren Körper, ihre Rundungen. Sie gefiel ihm so sehr, dass er sie einmal sogar angesprochen hatte. Aber sie hatte ihn schroff abgewiesen, ihn als perversen Spanner bezeichnet. Obwohl er gekränkt gewesen war, hatte er die Ablehnung letztendlich akzeptiert. Schließlich kannte er es nicht anders. Frauen hatten sich noch nie für ihn interessiert. Niemand hatte sich jemals für ihn interessiert. Er war ein Einzelgänger. Einer, den die Menschen als seltsam bezeichneten. Die Wut, die ihn bisweilen überkam, wenn er an sein Leben dachte, war groß. Und doch war es ihm meistens gelungen, sie in den Tiefen seiner Seele zu verdrängen.

Den ganzen Tag über hatte Pablo das Geschehen am Strand von Graswarder beobachtet. So wie an all den anderen Tagen. Jeden Tag, jede Woche. Im Sommer genau wie im Winter. Er saß immerzu an derselben Stelle in den Dünen. Einige Meter vom Stranddurchgang entfernt, beinahe an der höchsten Stelle, von wo er den besten Blick auf den Strandabschnitt hatte.

Vor sich ein großes Blatt Papier auf einer Unterlage. In der Hand einen Pinsel. In diesem Moment den kleinsten, den er besaß, um die Konturen scharf zu zeichnen. Den Übergang vom Horizont zum Wasser, die kleinen Bötchen vor der Küste und nicht zuletzt die Nackten, die den FKK-Strand säumten.

Er malte sie gern und in aller Ausführlichkeit. Mit jedem Detail, mit dem sie der liebe Gott ausgestattet hatte. Immer und immer wieder, jeden Tag aufs Neue. Er konnte einfach nicht genug davon bekommen, nackte Körper zu zeichnen. Dennoch legte er Wert darauf, dass er kein Spanner war. Keiner, den der Anblick nackter Menschen erregte. Zumindest normalerweise nicht. Und trotzdem behandelten ihn die meisten Menschen wie jemanden, der etwas Perverses im Schilde führte.

Beim Zeichnen hatte er keine Vorliebe, was das Geschlecht betraf. Er malte Männer und Frauen jeden Alters. Besonders gerne zeichnete er jedoch füllige Menschen. Leute mit Bäuchen, großen Brüsten und massigen Speckfalten, in denen Lebensgeschichten versteckt waren. Hier konnte er seiner Fantasie freien Lauf lassen. Details zeichnen, Unverwechselbares herausstellen, auf die Einzigartigkeit des menschlichen Körpers eingehen. Bohnenstangen und unter Zwang geformten Einheitskörpern konnte er nichts abgewinnen. Der Sinn des Lebens bestand aus Genuss und Sünde, von Idealen hatte er noch nie etwas gehalten.

Für heute hatte Pablo genug geleistet. Es war bereits spät geworden, am Strand war kaum noch etwas los. Er fühlte einen leichten Kopfschmerz, der Nachmittag hatte ihn angestrengt. Es fühlte sich an, als hätte er einen Sonnenstich erlitten. Teile seines Erinnerungsvermögens schienen gestört zu sein. Dennoch war er zufrieden mit sich. Er hatte alles nahezu perfekt gezeichnet. So wie immer. Die Molligen waren heute in der Überzahl gewesen, ein guter Tag.

Zufrieden packte Pablo ein und warf sich seinen Bademantel über den nackten Körper. Er wollte nach Hause gehen und seinem Pinsel die wohlverdiente Pause gönnen. Sich ausruhen. Den seltsamen Kopfschmerz verdrängen und vielleicht auch noch einmal an die Frau im Wasser denken.

Er verließ den Strand am Graswarder und nahm den Strandübergang, den er immer nutzte. Aus der Ferne hörte er Martinshörner, blaue Lichter zuckten aus Richtung Hafen kommend durch die abendliche Sommerluft.

Es dauerte nicht lange, bis sich Polizei- und Notarztwagen auf dem schmalen Graswarderweg hinter den Dünen an ihm vorbei drängten. Einen Augenblick lang war er versucht, ihnen zu folgen und zu beobachten, weshalb sie hier waren. Was passiert war. Vielleicht hatte es einen der Bewohner aus den wenigen Häusern auf dem Graswarder erwischt. Herzinfarkt, Knochenbruch, verursacht durch einen Haushaltsunfall. Warum sonst waren Notarzt und Polizei hier im Naturschutzgebiet unterwegs?

Nur langsam besann sich Pablo wieder. Er war kein Gaffer, niemand, der andere beobachtete, weil er Spaß daran hatte, im Leben Fremder herumzuschnüffeln. Wenn er malte, dann nur des Malens wegen. Es war die Faszination des nackten menschlichen Körpers, die ihn antrieb.

Er blieb noch eine Weile gedankenverloren stehen, dann ging er nach Hause. In seine kleine Wohnung, die mitten in der Fußgängerzone Heiligenhafens lag. Er wollte früh schlafen, um am nächsten Tag bei Sonnenaufgang wieder seinen Platz in den Dünen einzunehmen. Gerade die fülligeren Menschen waren Frühaufsteher, trauten sich dann an den Strand, um zu schwimmen, wenn andere noch fest schliefen.

Es war kurz nach halb zehn, als er erschöpft die Augen schloss. Die Schmerzen in den Schläfen waren noch immer da. Das Bild der Schwimmerin wollte ihm nicht mehr aus dem Kopf gehen, während er aus der Ferne weiterhin die Martinshörner des Notarztwagens zu hören glaubte.

Die Sonne schien noch prächtiger als am Tag zuvor. Obwohl es gerade erst halb sieben war, zeigte das Thermometer am Marktplatz bereits einundzwanzig Grad an. Gut gelaunt kaufte sich Pablo am Hafenkiosk ein Croissant, einen Cappuccino und eine Tageszeitung. Pfeifend schlenderte er weiter in Richtung Graswarder.

Noch bevor er seinen Platz in den Dünen eingenommen hatte, fiel ihm das rot-weiße Absperrband am Strand auf. Sofort musste er an den gestrigen Abend denken. An den Streifenwagen und den Notarzt, die ihm entgegengekommen waren. Irgendetwas musste passiert sein. Offenbar hier am Strand.

Pablo ging zurück auf den Dünenübergang und dann in Richtung Meer. Vorbei an der Stelle, die die Polizei abgesperrt hatte. Fünf mal fünf Meter, schätzte er. Der Sand schien frisch geharkt. Nichts, was Rückschlüsse darauf zuließ, was hier geschehen war.

Er trat direkt ans Wasser und ließ seinen Blick über die Ostsee schweifen. In einiger Entfernung erkannte er die Köpfe zweier Frauen. Sie schwammen jeden Morgen hier, legten sich an den Strand, schwammen erneut eine Runde und verließen den Graswarder wieder. Er hatte sie schon unzählige Male gezeichnet. Von der Frau, die ihn so faszinierte, war heute Morgen jedoch nichts zu sehen.

Was ist passiert?, durchfuhr es ihn. Eine abgesperrte Fläche am Strand. Polizei und Notarzt, die ihm gestern entgegengekommen waren. Weshalb hatte er nicht gemerkt, was passiert war? Von seiner Position in den Dünen konnte er den Strand und das Wasser gut einsehen, er hätte es beobachten müssen, wenn etwas Auffälliges geschehen wäre.

Er ging zurück und hockte sich im Schneidersitz in die Dünen. So wie nahezu jeden Tag. Bei Sommerhitze, Regen im Frühjahr oder Herbst, sogar bei Winterstürmen. Wann immer er sich in der Lage fühlte, war er hier und malte. Tag für Tag dieselbe Szenerie, und doch immer wieder mit unterschiedlichen Details. Das Meer, das Wetter und nicht zuletzt die Menschen machten seine Bilder einzigartig.

Pablo schlug die Zeitung auf und hielt augenblicklich inne. Das Bild auf der ersten Seite des Lokalteils zeigte den Strand, der vor ihm lag. Das Foto musste etwa von der Stelle gemacht worden sein, an der er gerade saß. Darüber die Überschrift: »Mord auf Graswarder erschüttert Heiligenhafen«.

Seine Gedanken rasten, der gestrige Nachmittag zog wie ein Film an seinem inneren Auge vorbei. Direkt vor seinen Augen hatte es also einen Mord gegeben, und er konnte nicht das Geringste dazu sagen. Er hatte einfach nichts davon mitbekommen. Und das, obwohl er den Logenplatz innehatte, er doch eigentlich jede noch so kleine Veränderung am Strand wahrnahm und in seinen Bildern verarbeitete.

Mit einem Mal wurde Pablo anders zumute. Ein seltsamer Gedanke machte sich in ihm breit. Normalerweise entging ihm nichts und niemand. Jedes Detail tauchte in seinen Zeichnungen auf. Sie waren wie Erzählungen, enthielten Geschichten eines ganzen Tages. Aneinandergereiht zeigten sie das Leben auf dem Graswarder in malerischer Form.

Konnte es sein, dass er gestern tatsächlich den mutmaßlichen Mörder gezeichnet hatte, ohne es gewusst zu haben? Die Zeitungsheadline hatte ihn aus der Bahn geworfen.

Plötzlich spürte Pablo das Adrenalin, das durch seinen Körper schoss. Dann richtete er seinen Blick erneut auf die Zeitung. Auf die Schnelle las er heraus, dass es sich bei der Toten um eine achtunddreißigjährige Einheimische handelte, die offenbar von einem Unbekannten in der Ostsee angegriffen und unter Wasser getaucht worden war. Die Tote hieß Maria F. Er bedauerte, dass kein Foto von ihr, sondern lediglich der abgesperrte Strandbereich und ein Porträt des ermittelnden Kriminalkommissars abgebildet waren.

Pablo blickte sich um. Niemand war zu sehen. Einzig die beiden Köpfe der Schwimmerinnen konnte er in der Ferne im Wasser erahnen.

Er las weiter. Ein Zitat des ermittelnden Kommissars: »Wir erhoffen uns entscheidende Hinweise von Zeugen. Der FKK-Bereich des Graswarder wird vor allem von Einheimischen besucht. Die Wahrscheinlichkeit, dass jemand etwas beobachtet hat, ist hoch.«

Sie würden mit ihm sprechen wollen, schließlich kannte man ihn. Und er würde die passenden Antworten haben müssen, so viel war klar. Er war der perfekte Zeuge, bloß wie sollte er erklären, dass ihm nichts Ungewöhnliches aufgefallen war?

Noch etwas anderes kam ihm in den Sinn. Der Mörder würde womöglich annehmen, dass er ihn beobachtet hatte. Nicht unwahrscheinlich, dass er sich in Gefahr befand. Und was, wenn er gestern mehr gezeichnet hatte, als ihm eigentlich lieb war ...?

Mit zittrigen Beinen stand Pablo auf, setzte den Rucksack mit seinen Malutensilien auf, stopfte die Zeitung unter den Arm und verließ eilig den Strand. Er musste dringend zurück in seine Wohnung, einen Blick auf die Zeichnung von gestern werfen. Hatte er tatsächlich etwas gemalt, das der Polizei helfen würde? Einen Hinweis auf den Mörder dieser Frau. Bewusst hatte er den Mord nicht beobachtet, aber das hatte nicht unbedingt etwas zu bedeuten. Wenn er malte, war er meistens wie in Trance. Er schaltete in diesen Momenten alles um sich herum aus, nicht selten sogar die Motive, die er zeichnete. Es war somit möglich, dass er den Mord, den er durch die Brille des Malers vielleicht gesehen und auf Papier festgehalten hatte, im Grunde gar nicht wahrgenommen hatte.

Er verspürte mit einem Mal ein Gefühl der Angst, das wie ein Krake an ihm hochkroch. Immer schneller rannte er im Schatten der Dünen den Graswarderweg entlang. Wenige Minuten später stand er schließlich vor der Tür seiner Wohnung.

Der Täter hatte sich keinerlei Mühe gegeben, den Einbruch in seine Wohnung zu vertuschen. Die Tür war ausgehebelt, das Schloss aufgebrochen. Pablo betrat seine Wohnung im vollen Bewusstsein, zu spät zu sein. Der Mörder war nicht mehr hier. Wahrscheinlich hatte er gefunden, was er gesucht hatte.

Pablo stürzte in sein Arbeitszimmer und blieb regungslos stehen. Der Anblick überraschte ihn nicht einmal, und doch war er schockiert. All seine Zeichnungen der vergangenen Jahre lagen wild verstreut auf dem Fußboden des Raumes. Er hatte sich also nicht geirrt, sie waren der Schlüssel zur Aufklärung des Mordes.

Er sank auf die Knie und wühlte in den Hunderten von Bildern. Immerzu dasselbe Motiv. Der Strand, das Meer, der Horizont. Nur wenige Menschen. Maria. Immer wieder Maria.

Mit einem Mal spürte er unendliche Traurigkeit. Die Kränkung durch Maria, die Einsamkeit seines trostlosen Lebens, die psychischen Probleme, über die er sich niemals mit jemandem hatte unterhalten können, und nicht zuletzt seine seltsamen Spleens. All das zog in diesem Moment an seinem inneren Auge vorbei.

Wo nur war das verdammte Bild, das er gestern gezeichnet hatte? Er musste es finden. Vielleicht war es noch hier. Vielleicht war für ihn noch nicht alles vorbei.

»Suchen Sie das hier?«

Pablo fuhr herum und blickte in die Augen zweier Männer, die er kannte. Einer von ihnen hielt das Bild in der Hand, das er gestern gemalt hatte.

»Haben wir Sie endlich«, sagte der leitende Kriminalbeamte. »Das Schlimme ist, wir haben schon immer geahnt, dass es irgendwann passieren könnte.«

»Was haben Sie hier zu suchen?« Pablos Stimme klang schwach. Es schien, als hätte er sich bereits aufgegeben. »Sollten Sie nicht eigentlich den Mörder dieser Maria finden?«

»Hören Sie auf! Es ist vorbei. Wir haben längst gefunden, was wir gesucht haben.« Der knochige Polizist ging einen Schritt auf ihn zu und überreichte ihm das Bild.

Pablo schloss die Augen und senkte langsam seinen Kopf, als habe er Angst davor, der Wahrheit ins Gesicht zu sehen. Dann öffnete er sie wieder. Was er erblickte, konnte er nur schwer begreifen.

Maria F., die Frau, die umgebracht worden war. Offensichtlich durch ihn. Erwürgt und unter Wasser gedrückt.

Immer mehr Details in seiner Erinnerung verselbständigten sich. Die Demütigung durch ihre Ablehnung nicht ertragend hatte er ihr im flachen Ostseewasser aufgelauert. Was dann geschehen war, wusste er nicht mehr. Brauchte er aber auch nicht, denn vor sich sah er, was geschehen war. Pablo hatte sich selbst dabei gezeichnet, wie er Maria umgebracht hatte.

Die Bilder dazu fehlten in seinem Kopf, aber das Bild in seinen Händen sagte alles aus.

Im Bewusstsein, seinen Pinsel für lange Zeit nicht mehr benutzen zu können, sank Pablo schließlich in sich zusammen.

Laura

Amrum

Hier lag mein Schicksal.

Genau hier. Hier an dieser windgeschützten Stelle.

Hier war es begraben. Unter unzähligen Sandkörnern und Sanddornsträuchern.

Hier war die Erinnerung an die schrecklichen Ereignisse am stärksten. In den sich ständig in Bewegung befindlichen Dünen. Die Tag für Tag Wind und Wetter ausgesetzt waren und immer ihren Dienst verrichten mussten. Sie waren Künstler und strahlten selbst in den stürmischsten Zeiten noch eine wohlige Ruhe aus.

Hier hatten wir uns damals getroffen. Dort, wo der Oodwai beinahe endete und die Häusersilhouetten von Norddorf kaum noch zu erkennen waren.

Hier kam alles wieder hoch. Die schaurigen Ereignisse, die mich all die Jahre verfolgt hatten.

Hier, direkt vor dem Schullandheim *Ban Horn*.

Ich kramte in meiner Erinnerung und schloss die Augen. Ich wartete einige Augenblicke, ließ mir den frischen Wind um die Nase pfeifen und wartete darauf, dass eine Stimme mir sagte, ich habe mir doch schon immer alles nur eingebildet.

Die Stimme blieb aus. Stattdessen öffnete ich wieder meine Augen. Ich glaubte, mein Gleichgewicht zu verlieren, und taumelte hin und her. Die grelle Herbstsonne blendete mich, in meinem Kopf war dagegen alles dunkel.

Meine Gedanken wurden abrupt von dem Geschrei pubertierender Jugendlicher unterbrochen, die gerade durch die Türen des Schullandheims gestürmt kamen.

Alles war wie damals. Die halbstarken Jungs, die Mädchen, die sich zierten und in Grüppchen herumstanden und tuschelten. Die Dünen, die das Schullandheim vor der Brandung der Nordsee schützten. Selbst die Gebäude von *Ban Horn* sahen fast noch genauso aus wie vor fünfzehn Jahren.

Ich schloss erneut die Augen. Diesmal kam die Erinnerung von ganz allein. Kein mühevolles Suchen von Gedankenfetzen, alles geschah, wie von unsichtbarer Hand gelenkt. Untermalt von dem lauten Geschrei befand ich mich plötzlich mitten unter den Jugendlichen. Es war heiß und die Sonne stand senkrecht über Amrum. Seit Tagen hatten wir Temperaturen von über dreißig Grad. Der Sommer war so heiß wie seit Jahren nicht mehr.

Ich wusste sofort, was los war, und erschrak nicht einmal, als ich begriff, was vor sich ging. Erst als ich an mir runter sah, wurde mir anders. Ich trug ein graues, schlabbriges Sweatshirt und mein Körper war so gertenschlank, wie ich ihn kaum noch in Erinnerung hatte. Ich war gerade einmal sechzehn und alles an mir war so knabenhaft, dass ich mich einen Moment lang schämte.

Der Tag war anstrengend gewesen. Am Morgen hatten uns die Lehrer früher als üblich aus den Betten geschmissen. Die Fahrt zu den Seehundbänken hatte auf dem Programm gestanden. Auf dem Schiff war es zum Streit zwischen zwei meiner Klassenkameraden gekommen. Der Grund war mal wieder eines der Mädchen gewesen, hinter denen alle her waren. Laura war ihr Name. Sie war die Begehrteste und alle Jungs hatten nichts Besseres im Sinn, als sich um sie zu prügeln.

Mir war dieses ganze Gehabe vollkommen gleichgültig. Wahrscheinlich wusste das Mädchen aus meiner Parallelklasse nicht einmal, dass es mich überhaupt gab. So wie die meisten Mädchen auf meiner Schule.

Es gab nur eine Ausnahme. Ein Mädchen, das mich kannte, und das mich nicht auslachte oder verstört ansah, wenn ich wagte, etwas zu sagen. Sie hieß Laura.

Laura war anders. Sie sah schon so erwachsen aus, obwohl sie erst fünfzehn war. Ihre Brüste waren größer als die meiner Mutter und ihre Lippen so voll, dass ich mir vorstellte, wie es wäre, sie zu küssen. Dazu das dezente Make-up, das ihre ohnehin schon großen Rehaugen betonte. Ihr Gang, das fröhliche Lachen, ihre Art zu reden, die coole Musik, die auf ihrem Discman lief. So musste es sich wohl anfühlen, wenn man verknallt war.

Ich verdrängte die Gedanken und führte mir vor Augen, dass es Wichtigeres gab als dieses Mädchen und den Trieb, den es in mir auslöste. Meine Noten waren seit Jahren konstant gut. Nein, sie waren sogar sehr gut. Nur für meinen Vater noch immer nicht gut genug. Summa cum laude sollte es schon sein. Das wurde mir seit Jahren eingebläut. Und wenn nötig, auch mit Schlägen.

Ich schloss die Augen, dachte wieder an Laura. In dem Moment, als ich vor einigen Wochen zum ersten Mal ein Wort mit ihr gewechselt hatte, war meine Welt eine andere geworden. Plötzlich gab es zwei Welten. Meine alte, die nur daraus bestand, für die Schule zu lernen, Klavier zu spielen und meinen Eltern alles recht zu machen. Und meine neue. Eine Welt, in der ein Mädchen namens Laura meine Gedanken bestimmte. Ich konnte keinen Schritt mehr in der Schule tun, ohne dass ich mir nicht wünschte, sie wäre in meiner Nähe. Der Unterricht wurde zunehmend zur Qual, weil ich es nicht erwarten konnte, in der Pause auf den Flur zu gehen und die Sekunden zu zählen, bis sich die Tür der Parallelklasse öffnete und Laura heraustrat.

Allein wenn jemand ihren Namen rief, machte mein Herz einen Sprung. Ich spürte ein sonderbares Kribbeln in den Händen, das sich bis zu den Schläfen hochzog und meinen Körper in einen tranceartigen Zustand verwandelte. Meistens wurde ich dann noch schweigsamer und schüchterner, als ich es ohnehin schon war. Einmal, als sie mich gefragt hatte, ob ich ihr bei der Ableitung der Kurvendiskussion helfen könne, hatte ich vor lauter Aufregung kaum ein Wort herausbekommen. Stattdessen musste ich ihr ununterbrochen auf die Brüste starren.

Am Nachmittag hatten wir frei. Die Lehrer waren froh, mal für zwei Stunden ihre Ruhe zu haben, und hatten sich zurückgezogen. Ein paar von uns hatten sich Dosenbier und Zigaretten gekauft und waren an den Strand gezogen, andere hatten sich schlafen gelegt. Ich selbst stand unschlüssig vor dem Landschulheim und hielt Ausschau nach Laura. Allein.

Im Grunde genommen gab es niemanden in meiner Klasse, mit dem ich richtig eng befreundet war. Zwei, drei Jungs, mit denen ich gelegentlich Schach spielte, aber nichts, was den Begriff *Freundschaft* verdient hätte.

Nach einigen Minuten erkannte ich Laura in Begleitung einiger Freundinnen, sie saßen auf einer Bank in den Dünen, unweit von *Ban Horn*. Wieder fühlte ich mein Herz pochen. Was immer es auch war, das sie in mir ausgelöst hatte, es war wunderschön. Und schrecklich zugleich. Denn ich wusste, dass ich keine wirkliche Chance bei ihr hatte.

Trotzdem nahm ich all meinen Mut zusammen und ging in Richtung der kichernden Mädchen. Auch Laura war dabei. Einen Moment lang wollte ich kneifen, einfach wegrennen vor lauter Angst, wieder ausgelacht zu werden. Doch plötzlich sprudelten die Worte einfach so aus mir heraus.

»Hallo Laura! Ich habe schon auf dich gewartet. Hast du nicht Lust auf einen Strandspaziergang?«

Laura lächelte.

Die anderen Mädchen blickten mich mit offenen Mündern an. Wahrscheinlich waren sie erstaunt, dass ausgerechnet ich, der unscheinbare Außenseiter, so offensiv auf Laura zuging.

»Sag dem Spinner doch endlich, dass er 'ne Wurst ist«, rief Laura und prustete plötzlich los. »Er soll dich endlich in Ruhe lassen, der Versager.«

Augenblicklich spürte ich den Schmerz in meiner Brust. Die ganze Hoffnung, mein ganzer Mut – alles zerbrach innerhalb weniger Momente.

»Du hast es gehört«, sagte Laura achselzuckend. »Hau jetzt ab und drück deine Pickel aus. Ich hatte 'ne Wette verloren und musste mich mit dir unterhalten. Du warst halt unsere Niete und ich habe sie gezogen.« Jetzt lachte auch sie. Aber ihr Lachen war mit einem Mal ein anderes. Nicht mehr das fröhliche, positive Lachen, in das ich mich verknallt hatte, sondern ein böses, hinterhältiges Lachen, das schallend durch die Dünen klang.

»W-w-wieso tust du das?«, stotterte ich. Zwischen meinen Beinen wurde es warm. Ich spürte, dass ich mir vor lauter Erniedrigung in die Hose gepinkelt hatte. Ein Glück, dass ich eine dunkelgraue Jeans trug und das feuchte Rinnsal hoffentlich nicht zu sehen war.

»Weil's lustig ist«, antwortete sie knapp. Ihr Lachen war wieder verschwunden. Allerhöchstens ein Grinsen war noch übrig geblieben. »Los, verpiss dich endlich!«

»Aber ...«

»Hörst du eigentlich schlecht, oder was?«, schrie mich ein Mädchen aus der Parallelklasse an.

Ich versuchte mich an ihren Namen zu erinnern. Nadine. Nicole. Ich wusste es nicht mehr.

»Das Spielchen ist vorbei, wir hatten unseren Spaß. Wenn du nicht langsam verschwindest, dann ...« Sie sprach nicht weiter und spuckte mir stattdessen vor die Füße.

Ich wandte mich ab und rannte wie ein kleiner Junge davon. Dann drehte ich mich noch einmal um und wollte die Mädchen voller Hass anschreien, doch meine Stimme versagte. Mehr als ein erbärmliches Schluchzen brachte ich nicht hervor.

Am Abend hatte ich mich wieder beruhigt. Ich war für einige Stunden unter meine Bettdecke gekrochen und war froh, dass die anderen Jungs, mit denen ich das Zimmer teilte, ausgeflogen waren. Meine Tränen sollte niemand sehen. Mein Vater hatte mir immer gepredigt, nicht zu weinen und bloß keine Schwächen zu zeigen. Er hatte das Gegenteil erreicht.

Ich war ein Versager, ein Außenseiter, jemand, den niemand als seinen Freund haben wollte. Im Grunde hatte Laura sogar recht gehabt. Weshalb sollte ein Mädchen mit so einem Trottel wie mir überhaupt etwas zu tun haben wollen?

Draußen war es noch immer angenehm warm. Ich saß in den Dünen und las *Faust*, den wir gerade in Deutsch durchkauten. So recht konnte ich mich für Goethes Schreibe nicht begeistern, und trotzdem wollte ich den Stoff vor den anderen gelesen haben. Die nächste Klausur musste mindestens eine Zwei sein, andernfalls würde mein Vater darauf bestehen, dass ich wieder zu diesem schrecklichen Nachhilfelehrer gehen müsste. An die Schläge wollte ich erst gar nicht denken.

Ich hatte Probleme, mich zu konzentrieren. Laura war allgegenwärtig. Nur dass sich mein Gefühl verändert hatte. Ich war von mir selbst überrascht gewesen, welche Wut ich in dem Moment, als mich Laura demütigte, verspürt hatte. Ein unbändiger Hass auf meine Mitmenschen, auf die Mädchen, die sich über mich lustig machten, und auf die Jungs, die nichts mit mir anfangen konnten und mich schon so oft verprügelt hatten. Und auf meine Eltern.

Meine Gefühle einem anderen Menschen gegenüber waren noch nie zuvor so stark gewesen wie in dem Moment, als Laura diese Worte zu mir gesagt hatte: »Hau jetzt ab und drück deine Pickel aus. Ich hatte 'ne Wette verloren und musste mich mit dir unterhalten. Du warst halt unsere Niete und ich habe sie gezogen.«

Hass war ein stärkeres Gefühl als Liebe. Einfach unbändig. So stark, dass ich mir Dinge ausmalte, die mir selbst Angst einjagten.

Allmählich setzte die Dämmerung ein. Ich saß noch immer in den Dünen und hörte dem Meeresrauschen zu. Ab und zu kamen einige meiner Mitschüler vorbei. Sie hatten den Tag am Strand verbracht und gingen lachend zurück ins Schullandheim. Wie viel Spaß sie gehabt hatten, konnte ich nur erahnen. Mit Sicherheit hatte niemand mich vermisst.

Wieder kamen diese seltsamen Fantasien in mir hoch. Einen kurzen Moment war ich erschrocken über mich selbst. Woher nur kamen diese Gedanken?

Um halb zehn machte auch ich mich auf den Weg zurück nach *Ban Horn*. In dreißig Minuten sollten wir spätestens auf den Zimmern sein, hatten die Lehrer gesagt. Ich musste das Zeitlimit ja nicht ausreizen, ich war niemand, der gerne auffiel, schon gar nicht negativ.

Gerade als ich mich aus den Dünen erhob, bemerkte ich, dass jemand aus Richtung Strand näher kam. Ich versteckte mich hinter einer Heckenrose und lauschte den Schritten, die in dem feinen Sand beinahe geräuschlos klangen. Vorsichtig riskierte ich einen Blick. Noch konnte ich niemanden erkennen. Doch schon im nächsten Augenblick wurde mir ganz anders. Ich sah ein Mädchen zwischen den hohen Schutzwällen aus Heckenrosen und Dünengras auf mich zukommen. Zweifellos handelte es sich dabei um Laura.

Ich trat hinter dem Strauch hervor auf den Weg und blickte ihr so starr ich nur konnte in die Augen. Ich wollte, dass sie die Wut, die ich in mir trug, sehen konnte. Sie sollte spüren, wie sehr sie mich verletzt hatte.

»Was willst du?«, fragte sie in derart provokantem Tonfall, dass ich sofort wieder dieses unbändige Gefühl in mir spürte. »Musst du nicht ins Bett zu deinen Kuschelteddys?«

»Weshalb machst du das mit mir?«, entgegnete ich unbeholfen. »Was habe ich dir getan, dass du so mit mir umgehst?« Obwohl sie mir heute Nachmittag bereits eine Antwort gegeben hatte, stellte ich sie erneut zur Rede. Vielleicht erwartete ich doch noch eine andere, weniger schmerzhafte Erklärung. Leider irrte ich mich.

»Junge, verstehst du es eigentlich nicht? Du bist 'ne ganz arme Wurst! Niemand will etwas mit dir zu tun haben. Glaubst du ernsthaft, ich würde mich für dich interessieren? Typen wie du sind einfach nur Loser!«

Hass war ein stärkeres Gefühl als Liebe. Ich hatte keinen Zweifel daran. In diesem Moment wurde es mir endgültig klar. Wer jemals diese Wut in sich gespürt hatte, der wusste, wie es sich anfühlte.

Ich sagte nichts. Stand einfach nur da und starrte sie an.

»Auf was wartest du denn noch? Geh mir aus dem Weg!«

Ich ging nicht, sondern blieb einfach regungslos stehen.

Sie kam auf mich zu und versuchte, einen Weg an mir vorbei zu finden. Ich rührte mich noch immer nicht, sah einen imaginären Punkt hinter den Dünen an. Plötzlich spürte ich ihre Hand, die mich beiseite drängte. Eine rasche Berührung, das kurze Gefühl von Nähe. Im nächsten Augenblick gab es eine Explosion in meinen Kopf. Ein schwarzer Fleck brannte sich in meine Erinnerung. Nichts von dem, was in den nächsten Minuten geschah, blieb hängen.

Meine Erinnerung setzte wieder ein, als Regentropfen auf mein Gesicht fielen und böiger Wind mich frösteln ließ. Ich richtete mich auf und blickte mich um. Die Sonne war fast untergegangen, der Himmel beinahe dunkel. Trotzdem erkannte ich sie sofort. Laura. Sie lag nur ein paar Meter von mir entfernt zwischen dem Weg und dem unruhig hin und her wehenden Dünengras.

Vorsichtig näherte ich mich ihr. Angst machte sich in mir breit. Der Gedanke, dass etwas nicht stimmte, ließ mich nicht mehr los.

Als ich mich über sie beugte, lief mir ein Schauer über den Rücken. Dass ich es gewesen sein musste, der sie umgebracht hatte, war mir sofort klar. Ein seltsames Gefühl von Glück und Zufriedenheit durchströmte plötzlich meinen Körper und ließ mich größer werden, als ich es war. All den Demütigungen hatte ich endlich die passende Antwort gegeben. Ich hatte bewiesen, dass ich stärker sein konnte als die anderen. Wenn ich nur wollte. Niemand sollte mich jemals mehr erniedrigen.

Als ich langsam zurück in Richtung *Ban Horn* ging, spürte ich, dass sich mein Leben gerade wahrscheinlich für immer verändert hatte.

Ich öffnete langsam meine Augen und blickte über die Dünen hinweg auf *Ban Horn*. Die Erinnerungen an damals waren noch immer so präsent, als wäre das Ganze erst gestern passiert. Meine Jahre in der Geschlossenen und die endlosen Therapiesitzungen, in denen sie versucht hatten, mich zu heilen, alles schien plötzlich so unbedeutend geworden zu sein.

Einige Mädchen standen in der Nähe und tuschelten. Ihre Gesichter wirkten boshaft, die Lästereien schossen nur so heraus aus ihren spitzen Mündern. Ihr Opfer war ein Außenseiter, der mit gesenktem Blick allein auf einer Bank in den Dünen hockte.

Alles war wie vor fünfzehn Jahren. Selbst Laura war wieder da. Sie sah ein wenig anders aus und trug mit Sicherheit einen anderen Namen. Aber das Gefühl von damals kehrte sofort zurück. Das Unbändige bahnte sich seinen Weg an die Oberfläche. Ich wusste augenblicklich, dass die Ärzte mich niemals hätten entlassen dürfen.

Ich wartete noch eine Weile, bis das Mädchen, das aussah wie Laura, allein in Richtung Strand ging. Dann folgte ich ihm.

Der Sack

Brodtener Steilufer

Tiefgraue Wolken türmten sich über der unruhigen Ostsee, weiße Schaumkronen tanzten hin und her. Der eisige Dezemberwind trieb vereinzelte Schneeflocken über die Wellen, die krachend an Land schlugen. Sie holten sich zurück, was das Meer vor langer Zeit freigegeben hatte.

Birger Andresen stand direkt an der Abbruchkante des Brodtener Steilufers. Sein Blick fixierte einen immer kleiner werdenden Punkt am Horizont. Eine der Schwedenfähren, die den Hafen von Travemünde soeben verlassen hatte. Am frühen Abend würde sie in Trelleborg eintreffen.

Der Vormittag war weniger stressig gewesen, als er befürchtet hatte. Er konnte sich nicht daran erinnern, dass der Kauf und das Aufstellen des Tannenbaums jemals so harmonisch verlaufen waren wie heute. Wiebke hatte sich um die Füllung der Gans gekümmert, während er mit den Kindern in die Stadt gefahren war und den vorbestellten Baum abgeholt hatte. Beim anschließenden Schmücken hatte er sich ganz auf den Geschmack der Kinder verlassen.

Andresens Blick glitt über die Ostsee. Die Einsamkeit hier an der Küste war noch immer etwas, an das er sich gewöhnen musste. Zwanzig Jahre hatte er Tür an Tür mit seinen Nachbarn in der Lübecker Altstadt gelebt. Man kannte sich, war niemals richtig allein und dennoch auf eine bestimmte Art und Weise anonym. Hier war alles anders. Einsame Spaziergänge. Keinerlei Möglichkeiten, auf falsche Gedanken zu kommen.

Andresen wollte gerade abdrehen, um noch ein Stück entlang der Küste zu wandern, als seine Aufmerksamkeit plötzlich an etwas hängen blieb. Er brauchte ein paar Sekunden, ehe er verstand, was er sah. Der rote Mantel, die zusammengekauerte Figur. Dort unten, auf einem der großen Findlinge, saß jemand. Nicht irgendjemand, sondern ein Weihnachtsmann.

Andresen hielt inne und betrachtete den Mann. Er rührte sich nicht. Saß unbeweglich auf dem Stein, als gehöre er hierher an den Strand am Brodtener Steilufer. So wie die Meerjungfrau nach Kopenhagen.

Obwohl Andresen kalt war und er am liebsten zurück ins Haus gegangen wäre, ging er in Richtung der Holztreppe und stieg langsam zum Strand hinab.

Unten angekommen, blies ihm der Wind immer stärker ins Gesicht. Schneeflocken peitschten über den schmalen Strandabschnitt und zwangen ihn, seine Augen zusammenzukneifen. Warum zum Teufel ging er nicht einfach zurück nach Hause, legte ein paar Holzscheite in den Kamin und feierte mit seiner Familie Weihnachten?

Der Weihnachtsmann saß auf einem Findling direkt am Meer. Der Stein wurde knöcheltief von Wellen umspült. Andresen näherte sich, bis er nur noch knapp zwei Körperlängen entfernt im trockenen Sand stehen blieb.

»Alle Geschenke verteilt?«

Der Weihnachtsmann wandte sich abrupt um und blickte Andresen an.

»Alles in Ordnung?«

Erneut keine Antwort.

»Es ist kalt. Sie sollten hier nicht sitzen.«

»Lassen Sie mich in Ruhe.« Die Stimme des Weihnachtsmanns klang erschöpft. »Ich muss nachdenken.«

»Natürlich«, antwortete Andresen. »Nur für den Fall, dass Sie doch reden möchten, sollten Sie wissen, dass ich dort drüben wohne.«

Der Weihnachtsmann nickte. »Sie sind Polizist, oder?«

»Wie kommen Sie darauf?«

»Ich kenne Sie aus der Zeitung.«

»Dann wird es wohl stimmen«, sagte Andresen ausweichend. Es störte ihn, wenn er erkannt wurde, weil sein Foto im Zuge einer Ermittlung in der Zeitung abgebildet gewesen war.

Nach einigen Sekunden des Schweigens nickte er zurück und wandte sich ab. »Ich wünsche Ihnen einen schönen Tag. Wenn Sie möchten, können Sie wirklich gerne bei uns vorbeikommen. Meine Kinder freuen sich bestimmt.«

»Über einen Mörder?«

Andresen sah den Mann irritiert an. »Was sagen Sie da?«

»Ich habe gerade einen Menschen getötet. Ein Weihnachtsmann als Mörder. Damit schaffe ich es wahrscheinlich auf die Titelseite der Zeitung.«

»Was erzählen Sie denn da? Könnten Sie bitte etwas klarer werden.«

»Es war Notwehr.«

»Notwehr?«

»Ja.«

Andresen stöhnte innerlich auf. Selbst an Weihnachten ließen ihm die Verbrecher einfach keine Ruhe. Sogar hier an diesem im Winter so einsamen Plätzchen Erde wurde er mit Mord und Totschlag konfrontiert. Einen kurzen Augenblick zog er es in Erwägung, sich umzudrehen und diese traurige Gestalt in ihrem Weihnachtsmannkostüm einfach dort auf dem Findling sitzen zu lassen. Er wollte zurück zu seiner Familie, den Duft der gebratenen Gans einatmen und sich langsam auf die Bescherung vorbereiten.

»Wo ist der Tote?«, fragte er schließlich.

»Dort hinten«, antwortete der Mann. »Er liegt hinter dem umgestürzten Baum.«

132

»Weshalb haben Sie ihn umgebracht?«

»Ich sagte doch bereits, es war Notwehr. Da war plötzlich dieser Mann und hat versucht, mich zu überfallen. Er wollte mir meinen Sack mit all den Geschenken für die Kleinen klauen.«

»Und dann?«

»Habe ich mich gewehrt. Er ist unglücklich gefallen, mit dem Hinterkopf auf die Steine. Er hat sich nicht mehr bewegt.«

Andresen verzog sein Gesicht zu einer Grimasse, ein Nicken fiel ihm schwer. Die Geschichte des Weihnachtsmannes klang seltsam. Was um alles in der Welt hatte er überhaupt hier zu suchen?

»Weshalb hier?«, fragte Andresen.

Der Mann blickte ihn fragend an und zog seine aufgeklebten Augenbrauen hoch.

»Ich will wissen, was ein Weihnachtsmann am Heiligen Abend hier am Strand macht. Sollten Sie nicht unterwegs sein und Geschenke verteilen?«

Der Weihnachtsmann schwieg und wandte sein Gesicht ab.

Andresen kniff seine Augen noch stärker zusammen. Der Wind fegte den feinen Schnee horizontal über den Strand. Die Wellen brachen in immer schnellerem Rhythmus. Vorsichtig befühlte er seine Jackentasche. Die Waffe lag zu Hause, immerhin hatte er ein paar Handschellen dabei.

»Kommen Sie«, sagte er. »Zeigen Sie mir den Mann. Anschließend fahren wir aufs Präsidium.«

»Ich wollte das nicht.« Der Mann zuckte mit den Schultern. Er wirkte erschöpft. »Jemanden umbringen, das ist nicht meine Welt.«

»Das hoffe ich. Sie sagten ja bereits, dass Sie in Notwehr gehandelt haben. Hören Sie ...«, Andresen klang ungeduldig. Etwas in ihm ließ ihn an den Worten des Mannes zweifeln. »Es ist Weihnachten, ich möchte zu meiner Familie. Zeigen Sie mir den

Mann, den Sie angeblich getötet haben. Anschließend klären wir alles Weitere.«

»Nein, das kann ich nicht.«

»Mir reicht es jetzt.« Andresen trat widerwillig in das flache Wasser und griff nach dem Arm des Weihnachtsmannes. Er bekam ihn an dessen Mantel zu fassen. Im nächsten Augenblick sah Andresen, dass der Mann etwas in seiner rechten Hand hielt.

»Warte! Er hat ein Messer!«

Andresen fuhr herum und ließ den Mantel los. »Wer bitte schön ...?«

Ein zweiter Weihnachtsmann kam durch das dichte Schneegestöber auf ihn zugelaufen. Er humpelte.

»Ist das etwa der Mann, den Sie umgebracht haben wollen?« Andresen fixierte den Weihnachtsmann, der noch immer reglos auf dem Findling saß.

»Nein.« Der Mann lächelte. »Leider nicht.«

Andresens Blick wanderte zwischen den beiden Weihnachtsmännern hin und her. Er versuchte zu verstehen, was der Mann zu seiner Rechten meinte.

»Ich bin Frankie, ein alter Kumpel von Kalle«, sagte der Weihnachtsmann links von ihm. Er keuchte. »Dieses Schwein da wollte mich umbringen.«

»Kalle? Kalle Hansen?« Andresen war perplex. Natürlich kannte er Kalle Hansen. Er war Privatdetektiv und ein langjähriger Freund von ihm.

Er musterte Frankie. Unter dem weißen Bart erkannte Andresen ein schmerzverzerrtes Gesicht.

»Wie schwer hat's Sie erwischt?«

»Geht schon. Ich bin hart im Nehmen.«

»Was ist hier vorgefallen?«, fragte Andresen. »Warum sind Sie hier?«

»Lange Geschichte. Wirf mal einen Blick in seinen Sack. Hehlerware. Wollte er mir andrehen.«

»Glauben Sie ihm kein Wort!«, wehrte der Weihnachtsmann auf dem Findling ab. »Er will nur den Sack zurückhaben.«

»Legen Sie das Messer weg«, sagte Andresen eindringlich. »Und geben Sie mir den Sack.«

»Er gehört nicht mir.«

»Sie geben es also zu?«

»Das meine ich nicht. Ich war es aber nicht, der ...«

»Halt dein Maul!«, platzte es plötzlich aus Frankie heraus. »Her mit dem Sack!«

»Schluss damit!«, rief Andresen. »Ich kümmere mich um ihn.« Der Schneefall war mittlerweile so stark, dass er kaum noch die Hand vor Augen sehen konnte. Er griff in seine Jackentasche und holte die Handschellen hervor.

»Den Sack!«, schrie Frankie. »Ich will den Sack.«

Andresen sah, dass der Mann auf dem Findling lächelte. Dann zog er den Sack von seiner Schulter und ließ ihn unter größter Kraftanstrengung zwei Mal über seinen Kopf wirbeln.

»Nein, nicht ins Wasser.« Frankie klang jetzt panisch.

»Verstehen Sie nun?«, fragte der Weihnachtsmann auf dem Findling mit ruhiger Stimme.

»Er versteht es nicht, aber ich weiß jetzt, was passiert ist.«

Wieder fuhr Andresen herum. Vor ihm stand Kalle Hansen.

»Das ist der Mann, den ich umgebracht habe«, keuchte der Weihnachtsmann auf dem Findling. »Wie kann es sein, dass ...?«

»Mein Schädel hält so einiges aus«, antwortete Hansen. Er keuchte ebenfalls, schien aber klar im Kopf zu sein.

»Es war nicht meine Absicht, das müssen Sie mir glauben.« Der Weihnachtsmann warf seinen Sack erneut über die Schulter und erhob sich von dem Findling.

»Ich weiß«, sagte Hansen.

»Kannst du mich mal aufklären, Kalle.« Andresen verlor die Geduld und riss an dem großen Jutesack des Weihnachtsmannes. »Was ist da drin und was verstehe ich nicht?«

»Der Sack gehört mir!«, rief Frankie verzweifelt. Seine Stimme erstarb im Schneesturm. Im nächsten Moment stürzte er sich auf den anderen Weihnachtsmann und riss ihn zu Boden. Der Sack knallte gegen den großen Findling, ehe er ins kniehohe Wasser fiel und sich öffnete.

»Nein! Die Sachen dürfen nicht nass werden!«

Andresen sah Hansen an. »Hehlerware?«

»Elektronikgeräte. Alles ziemlich neu. Gestohlen in Einfamilienhäusern, Wohnungen und Geschäften.«

»Woher weißt du das?«

»Ich habe ihn seit Wochen im Visier. Heute hatte ich ihn endlich so weit.«

»Und was hat dieser Frankie hier zu suchen?«

»Genau von dem spreche ich.«

»Du meinst also ...?«

»Richtig. Frankie ist unser Mann.«

»Und der andere Weihnachtsmann? Der, der dich beinahe umgebracht hätte?«

»Peter habe ich angeheuert. Er war eigentlich mein Lockvogel. Frankie wollte das ganze Zeug verticken.«

»Was ist schiefgegangen?«

»Frankie ist dahintergekommen. Und dann habe ich die beiden in ihren Kostümen auch noch verwechselt und bin dazwischen gegangen. Dabei hat mich Peter leider etwas unglücklich erwischt. Ich fiel auf die Steine und verlor das Bewusstsein. In der Zwischenzeit muss sich Peter den Sack geschnappt haben und hierher gerannt sein.«

»Und weshalb gab es überhaupt diesen Treffpunkt hier am Steilufer?«

»Nun, ich glaube, das lag daran, dass Frankie in der Nähe etwas zu erledigen hatte.«

Andresen nickte. Ein seltsamer Gedanke machte sich plötzlich in ihm breit. Die Weihnachtsgeschenke für Wiebke, seinen Sohn Ole und die Kleinen. Er hatte sie gestern erst besorgt und im Schuppen versteckt. Schmuck für Wiebke, einen neues Handy für Ole ...

Hektisch blickte er sich um. Die wilde Rangelei der beiden Weihnachtsmänner war vorbei. Peter hatte es geschafft, wieder auf die Beine zu kommen. Er griff nach dem Sack, blickte sich kurz um und rannte los. Im nächsten Augenblick rappelte sich auch Frankie auf, stürmte hinter Peter her und grätschte ihn mit seinem mächtigen Körper einfach um. Der Sack schleuderte durch die Luft. Geschenke fielen zu Boden.

Schmuck, Elektronikartikel ...

Im nächsten Moment riss Frankie Peter die Perücke vom Kopf, sein Bart löste sich.

Andresen schüttelte den Kopf. Das Gesicht, das zum Vorschein kam, war ihm bekannt. Kurzerhand packte er Frankie an den Schultern und zog ihn weg. Hansen nahm ihn in den Schwitzkasten.

»Los, verschwinde!«, sagte Andresen leise in Richtung Peter. »Und vergiss nicht den Sack mit den Geschenken.«

Peter sah Andresen argwöhnisch an. Die Ungläubigkeit über dessen Worte stand ihm ins Gesicht geschrieben.

»Jetzt mach schon! Du hast noch was zu erledigen.«

Peter nickte und lächelte. Dann setzte er sich die Perücke auf, klebte den Bart wieder an und sammelte die Geschenke auf. Er blickte sich noch einmal um und flüsterte ein »Danke«. Dann schnappte er sich den Sack und verschwand im dichten Schneefall.

»Das war also dein Lockvogel, ja?«

»Ja, wieso?«

»Weißt du, wer er ist?«

»Hm? Sag's mir.«

»Peter ist die gute Seele Lübecks. Er hilft den Alten und Schwachen, kranken Kindern und Jugendlichen, Obdachlosen. An Weihnachten macht er seit zwanzig Jahren die Menschen froh. Das geklaute Zeug von Frankie wird sicher für strahlende Augen sorgen. Und weißt du was: Ich habe sogar einen Beitrag dazu geleistet.« Andresen lächelte etwas gequält. Dann verließ auch er den Strand, um nach Hause zurückzugehen. Er hatte keine Geschenke mehr, aber dafür ein Dach über dem Kopf und seine Lieben an seiner Seite.

Das Schweigen der Dummersdorfer Lämmer

Lübeck/Dummersdorfer Ufer

In dem Moment, als es zum ersten Mal passierte, stand ich oben auf dem Hirtenberg und tat das, was ich am liebsten tue. Ich fraß in mich hinein. Nicht, weil es mein innerstes Bedürfnis ist, mich vollzustopfen. Nein, Sie müssen wissen: Ich kann stundenlang fressen, denn die Monotonie des Kauens und Fressens beruhigt mich ungemein. Und es hilft mir dabei, mich zu konzentrieren. Zu verstehen, was geschehen ist. Wer für all diese schrecklichen Dinge der vergangenen Wochen verantwortlich ist.

Ich heiße übrigens Dirk und bin acht Jahre alt. Ich bin ein Schaf, genauer gesagt ein Pommernschaf, also ein schwarzes Schaf. Den Winter über verbringe ich in einem Stall, doch im Sommer darf ich gemeinsam mit den anderen raus. Raus ans Dummersdorfer Ufer. In unser kleines Paradies. Wo es so schön ist, dass ich hoffe, hier an der Küste mit dem Blick auf das Wasser eines Tages das Zeitliche segnen zu dürfen.

Wir Schafe haben es im Großen und Ganzen doch ganz gut getroffen. Wir dürfen dort grasen, wo Menschen mit Autos angefahren kommen, um spazieren zu gehen und sich zu erholen. Wir stehen hier bloß und fressen. Tagein, tagaus.

Zurück zu dem Moment, in dem es zum ersten Mal passierte. Das war vor drei Monaten im Mai. Die Sonne schien und wir waren froh, dass wir die lästige Prozedur des Scherens hinter uns hatten. Ich hatte eine Weile abseits der Gruppe gestanden und meinen Blick über diesen Fluss und die kleinen Boote schweifen lassen. Im Hintergrund das riesige Haus, das alles überragte. Es stand dort, wo angeblich das Meer beginnen sollte. Ich hatte schon viel davon gehört. Viele meiner Freunde kannten wiederum Freunde, die etwas wussten. Über das Meer und die unendliche Weite. Aber ich wusste genau, dass das meiste davon nur Seemannsgarn war. Kein Schaf am Dummersdorfer Ufer hatte jemals das offene Meer gesehen. Kein Schaf hatte es jemals bis zu diesem großen Haus geschafft.

Ich erinnere mich noch genau an diesen Tag. Linda ging mir seit Wochen konsequent aus dem Weg und ich hatte mir fest vorgenommen, sie an diesem Nachmittag zur Rede zu stellen. Sie vielleicht sogar anzublöken. Sie sollte ruhig spüren, dass sie mit dieser Masche des Ignorierens bei mir nicht durchkam. Für den Fall, dass sie einen anderen hatte, sollte sie es mir gefälligst sagen. Gut, mittlerweile weiß ich, dass nicht etwa ein anderer Bock schuld an dem Ende unserer Beziehung war, sondern tatsächlich eine Zibbe. Ein Schaf. Ja, Sie lesen richtig: Linda meinte plötzlich, das Ufer wechseln zu müssen.

Damals legte ich mir genau zurecht, was ich ihr sagen wollte. Jedes einzelne Wort war wohl überlegt. Verletzend, weil sie auch mich verletzt hatte. Doch zu all dem kam es an diesem Tag nicht mehr. Ich war auf das frische Gras fixiert, auf dem ich schon seit Stunden herumkaute. Doch plötzlich durchbrach dieser schrille Schrei die paradiesische Ruhe am Dummersdorfer Ufer. Mit einem Mal liefen alle aus unserer Gruppe aufgeregt hin und her. Wir versammelten uns und blökten so laut, dass ich mir am liebsten die Ohren zugehalten hätte.

Ich wusste sofort, welche Art Schrei das gewesen war. Es war ein Schrei von einem von uns. Ein Todesschrei. So laut und voller Angst, dass er mir bis ins Mark gefahren war. Meine Beine zitterten, um mich herum brach Panik aus. Gerüchte machten die Runde. Ein Wolf, der sich bis hierher durchgeschlagen hatte. Ein tollwütiger Fuchs. Einige noch sehr junge Lämmer blökten etwas von einem Bär. Spätestens da war mir klar, dass wahrscheinlich niemand gesehen hatte, was passiert war.

Ich kämpfte mich durch die Herde, boxte Freunde und Kollegen beiseite und steuerte auf die Stelle zu, von der der Schrei gekommen war. Langsam drängte ich mich durch die immer enger stehende Schaftraube, bis ich mich plötzlich in vorderster Front eines kleinen Halbkreises befand. Ich versuchte sofort, meinen Blick abzuwenden, doch das, was ich sah, war so grausam, dass ich nicht einfach wegsehen konnte.

Wir standen direkt an der Abbruchkante an einem der etwas steileren Bereiche des Dummersdorfer Ufers. Keine zehn Meter unter uns im Sand lag jemand aus unserer Gruppe. Ich sah sofort, dass es Paul war. Er gehörte zum Ältestenrat und war so etwas wie unser spiritueller Führer. Er gab vor, dem Himmel so nah zu sein wie kein anderes Schaf auf dieser Welt. Er glaubte, mit den Sternen sprechen und eines Tages mit all den anderen Schafen dort oben in Kontakt treten zu können.

Ich dagegen war Realist – schon immer gewesen. Deshalb empfand ich das, was der alte Paul erzählt hatte, mehr oder weniger als Unsinn. Und dennoch verspürte ich bei dem Anblick seines leblosen Körpers ein tiefes Gefühl von Traurigkeit. Vielleicht auch, weil ich insgeheim bewunderte, was Paul erreicht hatte. Sich von der Gruppe abzuheben, kein lemminghaftes Schaf zu sein, sondern eine anerkannte Persönlichkeit. Jemand, zu dem man aufschaute.

Wir ließen Paul zurück, nachdem uns Frank mit harter Stimme zusammengescheucht hatte. Manch einer aus der Gruppe redete sich seit Jahren ein, dass dieser Mensch, der sich selbst »Schäfer« nannte, im Grunde ein guter Kerl sei, doch ich hasste ihn dafür, dass er uns die Freiheit nahm, das zu tun, wonach uns gerade war. Er gab uns die Befehle, welche Wiese wir abzugrasen hatten, und hetzte seinen fürchterlich laut kläffenden

Köter auf uns, wie es ihm gerade passte. Und auch in diesem Augenblick war es wieder so, dass er uns bevormunden wollte. Nicht zulassen, dass wir um Paul trauerten. Er hatte einfach nie verstanden, dass auch wir Schafe Gefühle besaßen.

Jetzt, wo ich wieder an diesen Tag zurückdenke, erinnere ich mich genau. An die neuerlichen Gerüchte, die plötzlich die Runde machten. Dass Frank, der Schäfer, es gewesen sein sollte. Er hatte Paul den Abhang hinuntergestoßen, so munkelte man. Ich muss zugeben, dass ich den Gerüchten damals glaubte. Einiges sprach dafür, denn schließlich wussten alle, wie unbequem Paul oft gewesen war. Er hatte seinen Protest gegen das Regime von Frank niemals für sich behalten.

Es vergingen ein paar Wochen, in denen wir nichts anderes taten, als Tag für Tag die Wiesen am Dummersdorfer Ufer kahl zu fressen und uns von Schäfer Frank herumkommandieren zu lassen. Es war, als hätten wir das Schicksal Pauls einfach verdrängt. Niemand redete mehr darüber, keiner stellte Fragen.

Doch dann, eines Tages, es muss Ende Juli gewesen sein, schrak ich von einem Moment auf den anderen erneut zusammen. Wieder hallte so ein markerschütternder Schrei über das Dummersdorfer Ufer, diesmal noch etwas schriller als beim ersten Mal. Das aufgeregte Blöken der Gruppe, das unmittelbar danach einsetzte, machte mir Angst. Sofort wurde mir bewusst, dass es wieder passiert war.

Diesmal verzichtete ich darauf, mich durch die Menge zu schieben, um einen Blick auf das Geschehene zu werfen. Ich wartete einfach so lange, bis Frank uns alle zusammengetrieben hatte. Dann setzte ich mich von der Gruppe ab und ging langsam in Richtung der Abbruchkante, von der ein paar Wochen zuvor auch Paul gestürzt war. Dort unten lag Lasse. Zweifelsohne war er tot. Den Sturz aus dieser Höhe konnte kein Schaf überleben.

Lasse war ein Bock im besten Alter gewesen. Beliebt in der Gruppe, vor allem bei den Zibben. Nicht selten war er Meinungsführer der Gruppe gewesen, wenn es mal wieder interne Unstimmigkeiten gegeben hatte. Jetzt hatte es also auch ihn erwischt.

Der Unmut in der Gruppe wurde in den folgenden Tagen immer größer. Die meisten von uns wollten nicht länger auf Schäfer Franks Befehle hören, einige verfolgten sogar den Plan, einfach abzuhauen. Andere wiederum traten in den Hungerstreik. Nach etwa zwei Wochen spürte ich, dass sich rein gar nichts geändert hatte. Es war wieder so, als wäre nichts geschehen, als wären Paul und Lasse noch am Leben. Wir trotteten durch unser kleines Paradies am Dummersdorfer Ufer und taten den ganzen lieben langen Tag nichts anderes, als Gras zu fressen. Wir verdrängten ganz einfach, was wir gesehen hatten.

Es vergingen weitere zwei Wochen, in denen ich intensiv darüber nachdachte, mir einen Ruck zu geben und endlich auf Linda zuzugehen. Um ein für alle Mal zu klären, wie es um uns beide stand. Doch plötzlich zuckte ich, als ich wieder einen Schrei vernahm. Ein Schrei, der so sehr nach Tod klang, dass mein wollfreier Sommerkörper erstarrte. Diesmal rannte ich sofort los, ich wollte sehen, was passiert war. Wenn Schäfer Frank tatsächlich etwas mit der Sache zu tun hatte, dann – so hoffte ich – würde ich ihn vielleicht noch am Tatort erwischen.

Ich lief so schnell ich konnte, alle vier Beine in der Luft, doch ich kam zu spät. Von Schäfer Frank war weit und breit nichts zu sehen. Stattdessen erkannte ich, dass einige Zibben an der Klippe standen und hinunterblickten. Erst als ich die Gesichter genauer erkennen konnte, sah ich auch Linda.

Diesmal hatte es Max erwischt. Er lag reglos an fast derselben Stelle, an der auch Paul und Lasse gelegen hatten. Ich spürte ein starkes Gefühl von Unbehagen. Nicht weil ich um Max trauerte, denn ich kannte ihn, den größten und kräftigsten Bock der Gruppe, nicht sonderlich gut. Nein, mit einem Mal war da die Angst, dass es auch mich eines Tages erwischen könnte.

Ich sah mich um. Linda und die anderen Zibben machten einen seltsam gefassten Eindruck. Für einen kurzen Augenblick zog ich es in Erwägung, einfach zu Linda zu gehen und mich an sie zu schmiegen. So wie ich es früher immer getan hatte. Doch schließlich wendete ich mich ab. Ich wollte lieber allein sein.

Jetzt, in diesem Moment, in dem ich hier direkt an der Klippe stehe und durch den dichten Nebel nach unten blicke, weiß ich, dass ich soeben das Richtige getan habe. Ich konnte einfach nicht länger schweigend dabei zusehen, wie uns Schafen dieses Unrecht zugefügt wurde. Ich habe die Entscheidung zum Wohle der ganzen Gruppe getroffen. Und natürlich, weil ich mir sicher bin, dass Schäfer Frank es früher oder später auch auf mich abgesehen gehabt hätte. Obwohl Paul, Lasse und Max ganz anders gewesen waren als ich, hatte ich keinen Zweifel daran, wen von uns der Schäfer hatte loswerden wollen. Es war ihm um die Starken in der Gruppe gegangen, die Alphatiere. Diejenigen, die sich nicht alles gefallen lassen wollten. Und um die, die schon da gewesen waren, bevor er überhaupt unser Schäfer geworden war.

Niemand hatte mich gesehen, als ich mich ein paar Meter hinter ihm aufgestellt und mit meinen Hufen gescharrt hatte. Frank hatte einfach dagestanden und auf den Fluss gestarrt, der an dieser Stelle so breit war wie ein See. Durch den Nebel hatte ich die Umrisse eines der großen Schiffe erahnen können, die regelmäßig hier vorbeikamen. Das laute Wummern der Motoren hatte sich mit einem Mal gespenstisch angehört.

Ich hatte die Augen verschlossen und leise bis fünf gezählt. Dann hatte ich den Blick gesenkt und war einfach losgerannt.

Der Aufprall war so hart gewesen, dass ich einen Augenblick lang befürchtete, meine Schädeldecke an seinem verfluchten Steißbein zerstört zu haben. Erst nach einigen Sekunden realisierte ich, dass ich erfolgreich gewesen war. Schäfer Frank war gestolpert und hatte sich nicht mehr halten können. Sein Schrei war lauter und furchteinflößender gewesen als alles, was ich je zuvor gehört hatte.

Was wohl passieren wird?, fährt es mir durch den Kopf. Ein Schafbock, der seinen allzu diktatorischen und Schafe mordenden Schäfer ums Eck gebracht hatte – darüber wird die Schafwelt wohl noch in einigen Jahrhunderten reden. Ich, Dirk, bin der Einzige, der sich gewehrt hat. Ich habe die Gruppe vor noch Schlimmerem bewahrt. In diesem Moment bin ich überzeugt davon, dass sie mich zum nächsten Anführer der Gruppe ernennen werden. Und das wohl auf Lebenszeit.

Plötzlich werden meine Gedanken unterbrochen. Aus den Augenwinkeln sehe ich einige meiner Artgenossen näher kommen. Überwiegend Lämmer. Keine Ahnung, ob sie etwas beobachtet haben. Doch wenn ich mir bei einer Sache sicher bin, dann der, dass sie nichts gesehen haben, selbst wenn sie etwas gesehen haben. Die Lämmer werden schweigen, wenn ihnen jemand unangenehme Fragen stellen wird. So sind wir Schafe nun einmal. Nicht immer die beste Eigenschaft, doch in diesem Moment durchaus hilfreich.

Wieder blicke ich hinab. Der Nebel ist noch dichter geworden. Die Umrisse des toten Körpers von Schäfer Frank sind jetzt nicht mehr zu erkennen. Obwohl das unmöglich ist, denn gerade eben hat er dort unten noch gelegen. Es liegt jedoch nicht am Nebel, dass er nicht mehr zu sehen ist...

Ich spüre, dass meine Beine zittern. Kann es etwa sein, dass der Schäfer den Sturz doch überlebt hat?

»Angst?«

Ich fahre herum. Vor mir steht Linda. »Er hat es verdient zu sterben«, antworte ich, nachdem ich mich gesammelt habe.

»Weshalb?«, fragt sie. Ihr Blick ist seltsam leer.

»Du weißt, was er getan hat.«

»Weiß ich das?«

»Ich glaube, ich verstehe nicht so ganz, worauf du hinauswillst.«

»Natürlich nicht«, sagt Linda. Plötzlich klingt sie vorwurfsvoll. »Du hast gar nichts verstanden. Er war es nämlich nicht.«

»Wie bitte? Wie kommst du darauf?«

»Weil wir es waren.«

»Was?«

»Die anderen Zibben und ich«, erklärt Linda. »Wir wollen euch loswerden. Einen nach dem anderen.«

»Das ist doch ein Scherz.«

»Kein Scherz. Paul, Lasse und Max waren erst der Anfang. Wir Zibben wollen unter uns sein, endlich frei bestimmen können. Keine Böcke mehr, verstehst du?«

»Es fällt mir schwer.«

»Was glaubst du eigentlich, warum ich mich von dir getrennt habe? Mein Leben an deiner Seite war eine einzige Qual. Wie jeder von euch Böcken hier bist du nichts anderes als ein zibbenfeindlicher, sexistischer Macho mit vollkommen antiquierten Einstellungen. Noch dazu bist du cholerisch, faul und ungepflegt. Und so richtig gut besorgt hast du es mir auch noch nie.«

»Ich ...« Mir fehlen die Worte.

»Allerdings muss ich zugeben, dass du mich vorhin ziemlich überrascht hast. Schäfer Frank von der Klippe zu stürzen, hätte ich dir nicht zugetraut. Einer weniger, um den wir uns kümmern müssen.«

Linda lacht. Ein schräges Lachen, das mich nervös macht.

»Ich kann ihn da unten nicht mehr sehen.«

»Geh näher ran, dann kannst du den Tod spüren.«

Ich schüttele den Kopf, wohl wissend, was sie vorhat. Trotzdem werfe ich erneut einen Blick hinunter. Sofort schrecke ich zusammen. Ich kann kaum glauben, was ich durch den Nebel sehe. Schäfer Frank treibt im Wasser Richtung Meer. Er ist tot, ohne Zweifel. Aber wie ist sein Körper dorthin gekommen? Der Nebel lichtet sich immer weiter. Unten am schmalen Küstenabschnitt erkenne ich Umrisse, die sich langsam hin und her bewegen. Es dauert eine Weile, bis ich verstehe, dass es sich um Zibben handelt. Überall am Ufer sehe ich plötzlich Zibben. Sie scheinen eine Art Tanz aufzuführen, drehen sich im Kreis, hüpfen in die Luft. Es sieht wunderschön aus. Vielleicht bilde ich es mir nur ein, aber ich glaube, sie lächeln mich sogar an. Was geschieht hier nur?

»Ist es nicht bezaubernd?« Linda steht neben mir. Auch sie lächelt mich jetzt sanft an.

»Was ist das?«

»Ein Vorgeschmack aufs Paradies.«

»Das alles hier ist mein Paradies«, antworte ich. »Die Wiesen, das Wasser, du ...« Ich spüre, wie mich der Anblick der tanzenden Zibben immer mehr verwirrt.

»Das da ist viel besser, glaub mir. Bei drei springen wir, in Ordnung?«

»Du etwa auch? Du hast doch eben gesagt, dass du mich ...«

»Ich hab's nicht so gemeint«, unterbricht sie mich und lächelt unverändert. »Ich lasse dich doch nicht allein.« Linda schmiegt sich an mich. Dann beginnt sie leise zu zählen.

Als ich wieder wach werde, dauert es eine Weile, bis ich verstehe, wo ich mich befinde. Die Schäfchenwolke, auf der ich durch die Luft gleite, fühlt sich wie ein weiches Kissen an. Aus dem Augenwinkel erkenne ich Schäfer Frank. Er schwebt auf einer anderen Wolke, direkt neben mir. Dann riskiere ich einen Blick nach unten. Wir fliegen über Wasser, Land ist in Sicht. Das Meer, endlich kann ich es sehen. Das große Haus und die Schiffe. Und die ganzen Menschen am Strand, die mir so klein erscheinen, als wären sie Ameisen.

Wir fliegen weiter. Bis ich sie plötzlich erkenne. Linda. Sie steht noch immer an der Klippe auf den sattgrünen Wiesen, die acht Jahre lang mein Sommerzuhause gewesen sind. Dahinter die schweigenden Lämmer. Und am Ufer die Zibben, die ihren eigenartigen Tanz aufführen. Linda blickt gen Himmel und winkt mir zu, als könnte sie mich tatsächlich hier auf meiner Wolke sehen. Jetzt erst realisiere ich, dass sie gar nicht gesprungen ist.

* Die Figuren dieser Geschichte sind selbstverständlich frei erfunden. Die Schafe am Dummersdorfer Ufer führen mit Sicherheit ein glückliches Leben und werden von den Schäfern professionell und bestmöglich behütet.

Das Gold von Steinwerder

Hamburg

Er hielt den zusammengefalteten Brief seit mehreren Minuten in den Händen. Noch zögerte er, ihn auseinanderzufalten und den Inhalt zu lesen. Eine Vorahnung beschlich ihn, ein furchtbarer Gedanke daran, dass alles anders war, als er sein Leben lang geglaubt hatte.

Vorsichtig befühlte er den Brief. Seine Mutter hatte ihn unter dem alten Porzellanteller versteckt, von dem er wie jeden ersten Freitag im Monat Labskaus mit Spiegelei, sauren Gurken und zwei Matjesfilets gegessen hatte. Sie lag im Bett, schlief ihren Mittagsschlaf, wie jeden Tag. Sie war schon sechsundsechzig. Etwas ganz Besonderes, wie sie immer betonte. Eines der ersten Kinder des neuen Jahrhunderts sei sie gewesen, als sie am 2. Januar 1900 in Altona zur Welt gekommen war. Er liebte seine Mutter. Für alles, was sie für ihn getan hatte. Doch jetzt war sie schwer krank, und er wusste nicht, wie lange sie noch zu leben hatte.

Das Papier befand sich in keinem allzu guten Zustand mehr, es war offensichtlich, dass der Brief schon längere Zeit gelegen hatte. An einigen Stellen war er feucht geworden. ~~Liv~~ *Klaassen* las er in kaum leserlicher Schrift auf dem altmodischen Kuvert, aus dem er den Brief hervor gefingert hatte. Über dem ~~Liv~~ hatte jemand mit blauer Kugelschreibermine den Namen Thees geschrieben. Zweifellos stand dort sein eigener Name, *Thees Klaassen*, geschrieben in der Handschrift seiner Mutter.

Die alte Küchenuhr gab ihren stündlichen Gongschlag von sich. Es war kurz vor zwei. Draußen regnete es seit den frühen Morgenstunden. Bislang hatte sich der Herbst gut gehalten, und vor einem kräftigen Regenschauer war man in dieser Stadt nie gefeit. Doch das, was er da hinter den weißen Spitzengardinen sah, machte mehr den Anschein eines ausgiebigen Landregens.

Thees legte den Zettel noch einmal kurz zurück auf den Küchentisch, trank einen Schluck frisch gebrühten Kaffee und nahm den Brief schließlich wieder in die Hand. Behutsam faltete er ihn auseinander und warf einen flüchtigen Blick auf die handgeschriebenen Zeilen. Es war ein Brief, den sein Vater geschrieben hatte.

Ein letztes Mal atmete er durch, schloss die Augen für einen Augenblick und versuchte sich vorzustellen, was ihn erwarten würde. Dann begann er Wort für Wort, Zeile für Zeile zu lesen:

Liebste Liv,

wie viele gemeinsame Stunden wir noch miteinander verbringen werden, vermag ich nicht vorauszusagen. Doch ahne ich, dass unsere schlimmsten Befürchtungen wahr werden könnten.

Gestern waren sie bei mir. Sie haben meine Tageseinnahmen mitgenommen und einige Anzüge zerschnitten. Was ist bloß los mit diesen Menschen? Warum tun sie uns das an?

Heute Morgen habe ich meine wichtigsten Dinge zusammengepackt, es kann jederzeit losgehen. Egal, wo es mich hinverschlagen wird, ich möchte, dass Du so schnell wie möglich nachkommst. Auch wenn unser Ziel jenseits des Atlantiks liegen sollte.

Thees setzte ab und schloss seine Augen. Mit einem Mal war er seinem Vater, den er nur von einigen abgegriffenen Schwarz-weiß-Fotos kannte, ganz nah. Er sah das freundliche Gesicht, den drahtigen Körper und die Änderungsschneiderei in der Nähe des Gänsemarktes.

Sein Vater war Jude. Er hatte die Worte am 8. November 1938 geschrieben, am Tag vor der Reichskristallnacht. Seit Tagen bereitete er sich auf seine Flucht aus dem Deutschen Reich vor. Die Nazis hatten ihn längst auf dem Kieker, bedrohten ihn seit Monaten. All das war Thees nicht neu, seine Mutter hatte es ihm erklärt, als er acht Jahre alt gewesen war. Mit einem mulmigen Gefühl im Bauch las Thees weiter:

Mein Laden wird keine Zukunft haben. Sie werden ihn Stück für Stück zerstören, erst den Laden, dann mich. Wahrscheinlich spekulieren sie darauf, dass wir freiwillig gehen, damit sie sich nicht die Finger an uns schmutzig machen müssen.

Für den Fall, dass wir uns eine Weile nicht wiedersehen, habe ich schon vor längerer Zeit etwas für Dich und unser Kind hinterlegt. Etwas, das Euch helfen wird, wenn alles noch schlimmer wird. Doch Ihr müsst aufpassen, dass niemand davon erfährt.

Thees umklammerte die Kaffeetasse und blickte auf die Küchenuhr. Es war gleich Viertel nach zwei. Mutter würde in einer halben Stunde wach werden. Weshalb hatte sie ihm den Brief ausgerechnet heute unter den Teller geschoben? Heute erst?

Er überflog ein paar Zeilen, in denen sein Vater beschrieb, was es ihm bedeutete, dass sein Sohn es besser haben sollte als er selbst. Thees spürte plötzlich Unbehagen. Eine Art schlechtes Gewissen, weil er wusste, dass sein Leben trotz mancher Schwierigkeiten ein viel besseres gewesen war.

In den Tunnel Richtung Steinwerder musst Du gehen. Auf halber Strecke gibt es eine Tür, die zu einer Lüftungsanlage führt. Halte Dich links, gehe etwa fünf Meter und taste Dich an der Wand zu Deiner Rechten. Dann…

Ein Geräusch störte ihn. Auf dem grauen Linoleumboden im Flur hallten die dumpfen Schritte der schwarzen Stiefel, die ihm jedes Mal – selbst heute noch – einen Schauer über den Rücken liefen ließen. Die Tür zur Diele wurde aufgestoßen und das von Falten zerfurchte Gesicht eines alten Mannes erschien. Da war sie wieder, die Fratze seines Stiefvaters. Die ihn und seine Mutter all die Jahre in Angst und Schrecken versetzt hatte.

Unwillkürlich zuckte er zusammen, rückte auf seinem Stuhl ein Stück nach hinten und versuchte, den Brief wieder unter dem Teller verschwinden zu lassen. Vergeblich. Josef hatte einen siebten Sinn, wenn es darum ging, die Gedanken von Thees und seiner Mutter zu lesen. Mit gnadenloser Härte hatte er sie bestraft und versucht, ihnen die *schlechten* Gedanken auszutreiben. Ihm war jedes Mittel recht gewesen. Die blanke Hand, sein Gürtel, alles, was er gerade zu fassen bekam. Mit brachialer Gewalt hatte er sich immer und immer wieder an seiner hilflosen Mutter vergangen. Thees hatte sich dann immer die Ohren zugehalten, sich angsterfüllt unter seiner Bettdecke verkrochen.

Als Jugendlicher war er wütend auf seine Mutter gewesen. Er konnte nicht verstehen, weshalb sie all die Qualen stumm ertrug, die ihr Peiniger, der sich sein *Vater* schimpfte, ihr antat. Warum verließ sie dieses Monster nicht einfach? Oder jagte ihm eine Kugel in den Kopf – aus der Pistole, die sie in ihrem Nachttischschränkchen versteckte? Immer und immer wieder hatte er sich diese Frage gestellt.

Noch während seiner Lehre zum Schriftsetzer war Thees von zu Hause ausgezogen. Er hatte Josef nach einem sinnlosen Streit um Nichtigkeiten den rechten Schneidezahn ausgeschlagen, nachdem dieser versucht hatte, einen Zigarrenstumpen auf seinem Handrücken auszudrücken. Thees hatte sich nach diesem Vorfall geschworen, nie wieder auch nur eine Nacht unter demselben Dach wie Josef zu verbringen.

Ein knappes Jahr später hatte Thees die Lehre abbrechen müssen. Ein Füllfederhalter, der in seiner Tasche verschwunden war, wurde ihm zum Verhängnis. Ein paar Wochen später hatte er seinen Schwur gebrochen und reumütig um Wiederaufnahme in dem gediegenen Reihenhaus der Mutter gebeten. Bis zum heutigen Tag saß er nun dort am Küchentisch, wenn ihn der Hunger trieb. Schlief in seinem Jugendzimmer, wenn ihn die Arbeit als Schauermann im Hafen an den Rand der Erschöpfung gebracht hatte. Und versuchte, wann immer es ging, dem Monster aus dem Weg zu gehen.

Josef griff hastig nach dem Brief und warf einen abschätzigen Blick auf Thees. Trotz seines fortgeschrittenen Alters von fast fünfundsiebzig Jahren zeichnete sich in jeder Falte seines Gesichts das Bild eines Tyrannen ab. Jemand, dem es gelang, sein Gegenüber nur mit Mienenspiel einzuschüchtern.

»Woher hast du den?«, fragte Josef mit strenger, sonorer Stimme.

Thees schwieg und starrte in die schwarze Brühe seiner Kaffeetasse. Er spürte, dass sich seine Fingernägel in den Fäusten, die er ballte, in das Fleisch seiner rauen Arbeiterhände bohrten. Ein plötzliches Gefühl der Abscheu stieg in ihm hoch. Unkontrollierbare Wut, wie er sie nur empfand, wenn Josef in seiner Nähe war. Thees wusste allzu gut, dass er auf der Kippe stand. Ein ums andere Mal hatte er sich in der Vergangenheit gegen seine Gefühle stemmen müssen.

»Hat deine Mutter dir diesen Dreck gegeben?«

Er schwieg weiter und schloss die Augen.

»Dein ‚Vater'!«, stieß Josef verächtlich aus und malte Gänsefüßchen in die Luft.» Ein feiger Mistkerl, dieser verdammte Jude!«

Thees atmete tief durch und vermied es, seine Augen wieder zu öffnen. Er kämpfte mit seinen Emotionen, gegen den unbändigen Hass, den er in sich trug.

»Warum willst du eigentlich nicht kapieren, dass dieser Hund deine Mutter sitzen gelassen hat?«, fragte Josef in dieser Stimmlage, die Thees nur allzu gut kannte. Insistierend, beinahe beschwörend. In jedem Fall Angst einflößend.

»Statt für sie da zu sein, hat er sich fein aus dem Staub gemacht. Und jetzt liest du dir auch noch Briefe dieses Versagers durch? Was schreibt er denn? Meldet er sich aus dem warmen Amerika, ja?«

»Lies doch selbst, oder bist du zu blöd dafür?« Thees rutschten die patzigen Worte heraus, obwohl er doch ruhig und besonnen hatte bleiben wollen.

Er biss sich auf die Unterlippe. Sein Kopf schien zwischen seinen Schultern abzutauchen. Im nächsten Moment schallte die flache Hand Josefs gegen seinen Hinterkopf.

Thees verharrte einen kurzen Augenblick. Dann sprang er auf und postierte sich vor Josef. Obwohl der alte Mann einen knappen Kopf kleiner als er selbst war, hatte Thees nicht das Gefühl, auf seinen Stiefvater hinabblicken zu können. Etwas in seiner Mimik und Haltung ließ ihn groß und mächtig erscheinen. Das Bild des Tyrannen.

»Und jetzt?«, fragte Josef provozierend. »Willst du mir wieder einen Zahn ausschlagen?«

Thees musterte ihn schweigend.

»Rede endlich!« Josef wurde ungeduldig, was sich auch darin äußerte, dass seine aschfahle, ledrige Gesichtshaut einen Hauch rosiger Farbe annahm. Jetzt wirkte er noch teuflischer.

»Du bist genauso ein Taugenichts wie dein Vater«, schimpfte Josef weiter und warf den Brief auf den Tisch. »Zu dumm, um eine Ausbildung abzuschließen, was?« Der alte Mann trat einen Schritt zurück und starrte Thees an. Seine Augäpfel waren ein Stück hervorgetreten und verliehen ihm etwas Irres. Thees redete sich ein, dass dies alles nur ein Teil seiner Provokation war.

Unter keinen Umständen wollte er sich auf die Spielchen seines Stiefvaters einlassen.

»Warum bist du überhaupt zurückgekommen?« Josef spuckte Gift und Galle. »Deiner Mutter geht es immer schlechter, seitdem du wieder hier ...«

»Lass Mutter aus dem Spiel!«, unterbrach Thees seinen Stiefvater mit erboster Stimme. Sofort versuchte er sich wieder zu beruhigen. Es ärgerte ihn, dass er sich erneut aus der Reserve hatte locken lassen.

»Sie stirbt bald«, sagte Josef mit einem flüchtigen Lächeln auf den Lippen. »Sie hat es mir vor ein paar Wochen gesagt.«

Wieder bedeutete das Schweigen eine Qual für Thees. Er hätte Josef zu gerne angeschrien und ihn geschüttelt und gewürgt. Doch noch hielt er stand.

»Und rate mal, wofür ich in den vergangenen Wochen gesorgt habe?« Aus dem Lächeln war jetzt ein Lachen geworden. »Deine Mutter hat sich von mir überzeugen lassen, dass es nicht klug wäre, ihr Erbe einem arbeitslosen Kleinkriminellen wie dir zu überlassen. Da staunst du, was?«

Thees glaubte im ersten Augenblick, dass er sich verhört hatte. Doch dann realisierte er, was die Worte Josefs bedeuteten. Er rang um Fassung.

»Dieses Haus gehört schon bald mir«, triumphierte Josef. »Wir werden nächste Woche zum Notar gehen. Und du wirst der erste sein, der die Konsequenzen zu spüren bekommt. Keine Sekunde wirst du deine Füße länger unter meinen Tisch stellen!«

Thees wurde schwarz vor Augen. Das Ausmaß dessen, was Josef gerade gesagt hatte, erzürnte ihn so sehr, dass er die Kontrolle über seinen Körper verlor. Seine linke Hand griff nach einem Gegenstand auf dem Küchentisch. Die Handinnenfläche legte sich langsam um den kalten Stahl des Brieföffners. Dann hob er blitzschnell seinen Arm an und rammte die Spitze des Werkzeugs mit voller Wucht durch die schlaffe Haut in die Halsschlagader des alten Mannes. Augenblicklich schoss das Blut hervor. Josefs Schrei erstarb unter einem gurgelnden Geräusch. Sein irrer Blick war erstarrt, die Pupillen weit aufgerissen, die Augäpfel blutunterlaufen.

Thees drehte den Brieföffner unter einem schmatzenden Geräusch herum und zog ihn schließlich hastig heraus. Sekunden vergingen, die Thees wie eine Ewigkeit vorkamen. Josef stand noch immer reglos vor ihm. Um ihn herum war alles voller Blut, auch an seinen Händen klebte die schmierige Masse seines verhassten Stiefvaters.

Josef fiel mit einem lauten Stöhnen vornüber, knallte mit dem Kopf auf die Tischkante und blieb schließlich vor seinen Füßen liegen. Thees vergewisserte sich mit einem Griff ans Handgelenk, dass Josefs Herz nicht länger schlug. Mit einem Küchentuch wischte er sich notdürftig das Blut von der Hand und griff nach dem Brief, der noch immer auf dem Tisch lag.

Er hatte es tatsächlich getan, fuhr es ihm durch den Kopf. Nach all den Jahren der Angst und Tyrannei hatte er diesem Schwein den Garaus gemacht. Er war über sich selbst erschrocken. Und dabei war es ganz einfach gewesen. Josef hatte sich nicht einmal gewehrt.

Thees lief planlos in der Wohnküche auf und ab. Er dachte angestrengt nach und las den Brief zu Ende. Er endete mit der Beschreibung, an welcher Stelle im Elbtunnel sich der Lüftungsschacht befand. Keine weiteren Hinweise auf das, was dort auf ihn wartete.

Mit einem Mal kam die Angst zurück. Die Angst vor seinem Stiefvater. Nicht vor dem, was er ihm antun konnte, aber davor, was der Mord an ihm für ihn bedeutete. Womöglich selbst nach dessen Tod keine Ruhe vor ihm zu finden.

Schweiß rann an seinen Schläfen hinunter. Die Knie wackelten. Viertel vor drei. Die Wanduhr schlug einmal.

Er verließ die Wohnküche, ging über die Diele in Richtung Schlafzimmer seiner Mutter. Die Tür war angelehnt, so dass er einen Blick hineinwerfen konnte. Mutter schlief noch immer. Er schob die Tür weiter auf, schlüpfte in den Raum und näherte sich dem Bett.

Sie lag da wie ein alt gewordener Engel. Das weiße Haar hatte sie bereits mit Mitte fünfzig bekommen. Ihr Gesicht war jedoch noch fast faltenfrei, wie das einer Dreißigjährigen. Sie schlief friedlich. Auf dem Rücken. Hatte nichts von all dem mitbekommen, was in der Wohnküche geschehen war. Er trat noch näher ans Bett und streichelte ihr über den Kopf. Er war kalt.

Sofort ergriff ihn Panik. Er packte sie an den Schultern, um sie zu schütteln. Doch die Totenstarre hatte bereits eingesetzt. Jetzt sah er auch, dass sämtliche Farbe aus dem Gesicht seiner Mutter gewichen war. Sie hatte sich zu ihrem täglichen Mittagsschlaf ins Bett gelegt und würde nicht mehr aufwachen.

Thees faltete ihre Hände und gab ihr einen letzten Kuss auf die Stirn. Dann verließ er weinend das Haus.

***

Er war den ganzen Tag durch Hamburg geirrt. Bis spät in die Abendstunden. Hatte ein ruhiges Plätzchen an der Elbe gesucht, um nachdenken zu können. War über die Reeperbahn gelaufen, um sich abzulenken. Nichts von alldem hatte geholfen. Von Stunde zu Stunde hatte seine Verzweiflung zugenommen. Weniger darüber, dass er soeben seinen Stiefvater ermordet hatte. Vielmehr die Tatsache, dass seine geliebte Mutter verstorben war, nahm ihm sämtliche Lebenskräfte. In der Nähe der Landungsbrücken, am Baumwall, hatte er einen Moment lang überlegt, wie es sich wohl anfühlte, die Füße auf die Schienen der Hochbahn zu setzen und sich dem herannahenden Zug entgegenzustellen.

Er war zu feige.

Die Nacht verbrachte er in einer heruntergekommenen Bar auf dem Kiez in der Nähe des Spielbudenplatzes. Zwischen Huren, Hafenarbeitern und jeder Menge Astra hatte er es geschafft, für ein paar Augenblicke die schlimmen Bilder aus seinem Kopf zu verdrängen.

Zu später Stunde hatte er noch einmal den Brief seines Vaters hervorgeholt und die Worte Zeile für Zeile aufgesogen. Jeden Buchstaben hatte sein betrunkener Verstand versucht zu verarbeiten.

In seinem Kopf herrschte ein Chaos umherfliegender Gedankenfetzen. Erinnerungen an Fotos, die ihm seine Mutter gezeigt hatte. Ihre Erzählungen über die Schneiderei seines Vaters. Und die Spekulationen und Hoffnungen, dass er vielleicht doch eines Tages wieder auftauchen würde. Und ganz plötzlich war da die Idee, wie er all dessen, was passiert war, Herr werden konnte. Nichts würde seine Mutter zurückbringen, und doch gab es die Chance, ein normales Leben zu führen und nicht hinter Gittern sitzen zu müssen.

Es war kurz nach halb fünf. Die wenigen Vögel, die noch nicht gen Süden aufgebrochen waren, sangen bereits. Thees saß in dem *Opel Kadett* seiner Mutter. Er wartete an den Landungsbrücken vor den Aufzügen des Elbtunnels. Er hatte davon gehört, dass es Pläne gab, einen neuen Tunnel zu bauen. Weiter im Westen. Mit drei Röhren und sechs Spuren. Ein unheimlicher Gedanke. Alles um ihn herum veränderte sich. Hamburg veränderte sich. Und sein Leben – das hatte sich in den vergangenen

Stunden so einschneidend verändert, dass Panik in ihm herrschte.

Er rollte langsam in den Aufzug. Thees parkte den *Kadett* in dem Stahlungetüm und war froh, dass kein zweites Fahrzeug nachrollte. Um diese Uhrzeit war kaum etwas los. Die Frühschicht im Hafen und bei Blohm & Voss begann erst um sechs. Dann sah es hier anders aus. Dann glich der Tunnel einer Ameisenstraße aus Hafenarbeitern.

Vierundzwanzig Meter in die Tiefe. Ein Moment der Beklemmung, ehe er in die hell beleuchtete Enge der Röhre eintauchte.

Thees musste etwa zweihundert Meter weit fahren. *Auf halber Strecke gibt es eine Tür, die zu einer Lüftungsanlage führt,* hatte sein Vater geschrieben. Er fuhr auf den Bürgersteig und hielt dicht an der Tunnelwand, so dass andere Fahrzeuge noch an ihm vorbeikamen. *Halte Dich links, gehe etwa fünf Meter und taste Dich an der Wand zu Deiner Rechten.*

Da war sie, die Tür. Thees fuhr noch ein Stück näher heran und vergewisserte sich, dass er nicht beobachtet wurde. Er stieg aus, holte einen Kuhfuß aus dem Rückraum des Autos und hebelte die dicke Metalltür auf. Nachdem er einen flüchtigen Blick in den kleinen Technikraum geworfen hatte, zog er wieder den Brief seines Vaters hervor und las noch einmal die letzten Zeilen. Der Lüftungsschacht lag der Beschreibung nach gleich links hinter der Tür. Und tatsächlich: Es war, wie sein Vater geschrieben hatte. Fast dreißig Jahre waren vergangen, seitdem die Worte verfasst worden waren, doch hier unten, in dem gefliesten Tunnel unter der Elbe, schien sich nichts verändert zu haben. Einen Moment lang überlegte er nachzusehen, was sein Vater wohl hier unten für seine Mutter hinterlegt hatte. Doch sein Verstand sagte ihm, zuerst die unangenehme Aufgabe zu erledigen.

Thees ging zurück zu seinem Wagen und öffnete den Kofferraum. Er hatte Josef gut verpackt. Hatte die weißen Spannbettlaken aus Mutters Kleiderschrank genommen und ihn fest darin eingewickelt. Und schließlich das Bündel in einen großen schwarzen Müllsack gesteckt, fest zugebunden und im Schatten der Nacht im Kofferraum des *Kadetts* verstaut.

Wieder blickte Thees prüfend in Richtung St. Pauli. Ganz in der Ferne am Aufzug erkannte er die Scheinwerfer eines Autos.

Hastig wuchtete er Josef aus dem Wagen, verschloss den *Kadett* und zog den leblosen Körper in den Raum, in dem sich der Lüftungsschacht befand. Er drückte die Tür hinter sich zu und atmete einmal tief durch. Doch sofort besann er sich wieder auf den Grund seines Kommens. Mit zitternden Händen trat er an den Lüftungsschacht, der in Brusthöhe eingebaut war und gerade so breit war, dass ein Mensch hineinpasste. Das Gitter war nur lose angebracht, so dass Thees keine Mühe hatte, es abzunehmen.

Für den Fall, dass wir uns eine Weile nicht wiedersehen, habe ich schon vor längerer Zeit etwas für Dich und unser Kind hinterlegt. Etwas, das Euch helfen wird, wenn alles noch schlimmer wird.

Er wusste selbst nicht genau, was er eigentlich erwartet hatte, doch spürte er Ernüchterung, als er erkannte, dass da nichts war in diesem verfluchten Schacht. Kein Geldpaket, keine Goldbarren. Nichts, was seiner Mutter oder ihm in einer Notsituation hätte helfen können. Nur ein einzelner, zusammengefalteter Zettel, auf dem sein Name geschrieben stand. *Thees Klaassen.* Die Schrift war zweifelsfrei die seiner Mutter.

Enttäuscht steckte er das Papier in seine Jackentasche, kontrollierte noch einmal, ob er auch wirklich nichts in dem Schacht übersehen hatte und wandte sich seinem toten Stiefvater zu. Er musste ihn dringend beiseiteschaffen, vorher konnte er sich auf nichts anderes konzentrieren.

Zum Glück war Josef klein gewesen. Thees hievte den Müllsack auf seine Schulter, überprüfte noch einmal, dass er fest zugeknotet war, und schob ihn längs und mit viel Schwung in den Schacht. So weit, dass er ihn in der Dunkelheit nicht mehr sah. Hier würde die Leiche eine Weile unentdeckt bleiben, bis Gras über die Sache gewachsen war. Dann montierte er das Gitter wieder, verschloss die schwere Metalltür so, dass der entstandene Schaden auf den ersten Blick nicht sichtbar war und bestieg eilig seinen Wagen.

Zwei fremde Autos fuhren an ihm vorbei. Die Fahrer gestikulierten, weil Thees' abgestellter *Kadett* sie dazu zwang, auf den gegenüberliegenden Bordstein auszuweichen.

Er zuckte entschuldigend mit den Schultern und startete selbst den Motor. Bloß raus hier aus dieser Grabkammer mit dem grauenvoll sterilen Licht. Was hatte er sich nur ausgemalt, hier unten finden zu können? Es gab keinen Schatz, den sein Vater deponiert hatte. Nur einen Zettel, offenbar von seiner Mutter.

Es dämmerte, als Thees in Steinwerder den Aufzug verließ und ziellos zwischen Docks und Kränen herumfuhr. Er parkte am Rand einer Seitenstraße gegenüber vom Kleinen Grasbrook und schloss für einen Moment die Augen. Ob sie Josef jemals finden würden? Noch konnte er sich nicht mit dem Gedanken anfreunden, dass er ihn tatsächlich für immer losgeworden war.

Thees griff nach dem Zettel in seiner Jackentasche und faltete ihn auseinander. Eng aneinandergereihte Worte. Die typische Schrift seiner Mutter. Datiert vor zwei Monaten.

Ihm wurde klar, dass er ihre Abschiedsnachricht in den Händen hielt. Sie hatte alles arrangiert. Den Brief seines Vaters unter dem Porzellanteller, genau wie ihren friedlichen Abgang. Sie hatte gewusst, wie es kommen würde.

Mit einem Pochen in der Brust begann er zu lesen.

Jedes einzelne Wort wühlte ihn derart auf, dass die Zeilen vor seinen glasigen Augen verschwammen. Die ganze traurige Geschichte über das Schicksal seines Vaters in nur wenigen Sätzen.

Er erkannte, dass seine Mutter ihm all die Jahre nicht die Hoffnung hatte nehmen wollen, dass er vielleicht doch eines Tages zurückkommen würde. Doch in Wirklichkeit hatte sein Vater nicht einmal das Kriegsende erlebt, war elend verreckt in Bergen-Belsen.

1946 hatte sie sich endlich getraut, in den Tunnel zu gehen und nachzusehen, was er dort unten in dem Lüftungsschacht für sie hinterlegt hatte. Gold, schrieb sie. Mehrere Barren Gold. So viel, dass sie sich kurz darauf das Reihenhaus in Eimsbüttel hatte leisten können. Niemand hatte jemals davon erfahren.

Das war es also, was sein Vater in dem Brief beschrieben hatte. Das Gold war ihre Lebensversicherung gewesen.

Thees las weiter. Nicht mehr viele Zeilen. Das meiste schien er verstanden zu haben. Doch plötzlich las er verstörende Sätze. Worte, die er nicht verstand, weil er sie nicht verstehen wollte. Sätze, die alles in Frage stellten, was er zweiunddreißig Jahre lang geglaubt hatte.

Er schüttelte den Kopf und fuhr noch einmal über das Geschriebene. Die Wahrheit war härter als alles, was gestern passiert war. Thees öffnete die Tür und stieg aus dem Wagen, um frische Luft zu schnappen.

Erst jetzt verstand er, dass seine Mutter mit diesem Schwein, diesem Nazidrecksack, etwas gehabt hatte. Ein dummer, einmaliger Ausrutscher, als sie auf einem Tanzball ein Glas Sekt zu viel getrunken hatte. Damals lange vor dem Krieg, als sie noch glücklich mit dem Mann zusammen war, von dem Thees glaubte, er sei sein Vater gewesen.

Lange Zeit war alles gut gegangen, schrieb sie. Josef hatte sie aufgefangen, nachdem sie das Schicksal ihres Mannes erfahren hatte. Doch hatte er von Anfang an abgestritten, Thees' Vater sein zu können. Sie solle ihn sich doch nur mal anschauen, hatte er immer gesagt. Eine typische Judennase.

1951 hatten sie geheiratet. Kurz nachdem er mit all seinen Habseligkeiten zu ihnen in das Reihenhaus gezogen war. Es hatte nicht lange gedauert, ehe er zum ersten Mal handgreiflich geworden war. Erst war es nur eine Ohrfeige gewesen, doch schon bald waren Prügel an der Tagesordnung.

Vor Thees' Augen huschten Bilder seiner Mutter vorbei, wie sie mit zerrissener Kleidung und blutigem Gesicht vor ihm gestanden hatte.

Kein Wort kann das beschreiben, was ich durchgemacht habe, schrieb sie. Kein Wort kann das beschreiben, was ich Dir, Thees, angetan habe. All die Jahre habe ich die Wahrheit für mich behalten. Nicht einmal Josef weiß, dass Du sein Sohn bist. Er glaubt, dass ich ihm das Haus vererbe, aber er irrt. Du bist mein Sohn, nur Du sollst es bekommen.

Ich werde bald sterben, doch vielleicht schafft Ihr es, in Zukunft besser miteinander auszukommen. Vielleicht akzeptierst Du ihn als Deinen Vater und er Dich als seinen Sohn, den er sich insgeheim immer gewünscht hat. Es tut mir alles so unendlich leid, ich liebe Dich, Deine Mutter.

Tödlicher Dreh – Die Geschichte von Marco, der Ferres und einem Freizeitpark

Uelzen

Marco W.

Dieser arme Kerl war Schuld an allem. Schuld daran, dass niemand mehr etwas Positives mit Uelzen verband. Und Schuld daran, dass ich meinen Job verloren hatte.

Armer Kerl? Pah! Dieser Marco war doch niemand, der es verdiente mit seiner Scheißgeschichte das Bild der Stadt zu repräsentieren. Zumal wohl niemals jemand herausfinden würde, ob er nicht doch mehr Dreck am Stecken hatte, als er behauptet hatte.

Hundertwasser war damals natürlich ein guter Anfang gewesen, um das Image der Stadt aufzupolieren, aber mittlerweile war auch dieses Thema ziemlich durchgenudelt. Und seien wir ehrlich: wie viele Menschen ließen denn tatsächlich Geld in der Stadt, nachdem sie sich den von *Hundertwasser* entworfenen Bahnhof angesehen hatten?

All das war mir viel zu banal gewesen. Als Marketingmanager der Stadt muss man kreativ sein, auch mal ungewöhnliche Wege einschlagen. Das hatte ich versucht, indem ich mir Themen wie Tourismus und Kultur auf die Fahnen geschrieben hatte.

Doch dann waren Marco W. und diese unsägliche Posse um seine unbeholfenen Fummelversuche mit dieser englischen Göre und ihrer bekloppten Mutter dazwischen gekommen. Von einem Tag auf den anderen hatte Uelzen einen neuen Stempel aufgedrückt bekommen. Eben noch die Stadt mit dem *Hundert-*

wasser-Bahnhof, rannten plötzlich die Aasgeier von *RTL* durch die Straßen.

Und wer musste schließlich all den Schlange stehenden Investoren erklären, dass alles nur halb so schlimm sei und dieser Junge doch nie im Leben abschreckend auf Touristen wirken würde? Natürlich ich. Ich höchstpersönlich bekam die Auswirkungen dieser medialen Ausschlachtung in vollem Ausmaße zu spüren.

»Und ob«, hatte mir der selbstgefällige Chef des Freizeitparks knallhart ins Gesicht gesagt. »Egal, ob dieser Junge schuldig ist oder nicht, der Name Ihrer Stadt ist vorerst negativ besetzt.«

»Sie spinnen doch«, entgegnete ich ihm wütend. »Wir haben schließlich *Hundertwasser*. Den kennt nun wirklich jeder. Lassen Sie uns doch einen *Hundertwasser*-Park bauen.«

»Das funktioniert nicht. Wiedersehen.«

So leicht gab ich nicht auf. Ich hatte ja noch ein paar Ideen im Köcher. Skihallen gab es zweifellos bereits zu viele, aber die Idee eines zweiten *Tropical Island*-Parks hatte ihm gefallen. Eine passende Halle müsste natürlich noch gebaut werden, aber…

Es kam nicht so weit. Denn dann lief dieser Film über Marco W. im Fernsehen und der zigarrenrauchende Fettwanst von Investor kniff seinen wahrscheinlich ohnehin schon viel zu kleinen Schwanz ein.

»Hören Sie mal, da spielt sogar die Ferres mit. Das ist absolut seriös. Und Marco ist doch längst rehabilitiert.«

»Sorry, Uelzen passt nicht zu unserer Klientel. Das mit diesem Marco… ich weiß nicht. Irgendwie alles zu wenig kinderfreundlich. Außerdem sind Ihre Grundstückspreise viel zu hoch.«

»Ach, da liegt der Hund begraben? Warten Sie, wir können doch reden. Ich mache Ihnen ein Angebot.«

»Keine Chance. Sie haben doch Marco, machen Sie was draus!« Der Fettwanst versuchte zu lachen, was angesichts des schwabbeligen Gesichts kaum gelang.

»Arschloch«, murmelte ich und hätte ihm um ein Haar eine Ohrfeige verpasst. Das war's dann also mit meinen Plänen. Auch sonst tat sich nicht viel in Sachen Tourismusentwicklung in Uelzen. Ich sattelte um. Vielleicht konnte ich Uelzen zu einem attraktiven Wohnstandort zu entwickeln. Als Teil der Metropolregion Hamburg war man attraktiv für alle, die in Hamburg arbeiteten, aber gerne etwas ländlicher wohnen wollten. Das musste doch funktionieren. Also erst einmal neuen Wohnraum schaffen. Es dauerte nicht lange und ich hatte den ersten Immobilienentwickler zu Besuch. Alles lief planmäßig. Die erschlossenen Flächen bot ich zu Mondpreisen an und der Typ – so ein geleckter Jungdreißiger in anthrazitfarbenem Anzug – nickte ab.

»Eine letzte Frage noch«, sagte er bei der Verabschiedung. »Mein Chef fragt, ob dieser Marco noch hier in Uelzen lebt?«

»Ja, ich glaube«, seufzte ich.

Ich hörte nie wieder etwas von dem Mann.

Ein Vierteljahr später zitierte mich der Bürgermeister in sein Büro. Ich wäre stets bemüht gewesen, mangelnden Einsatz könne man mir nun wirklich nicht vorwerfen. Aber die Ergebnisse stimmten einfach nicht. Für viele sei Uelzen einfach immer noch nur *Hundertwasser*.

»Oder Marco«, murmelte ich.

»Wir möchten den Vertrag mit Ihnen auflösen, Sie sind mit sofortiger Wirkung freigestellt.«

Doch so schnell ließ ich mich nicht abschieben und zauberte neue Ideen aus der Tasche, um den Bürgermeister zu begeistern. Uelzen als Bildungsparadies und kinderfreundlicher Leuchtturm der Republik. Austauschreisen mit türkischen und deutschen Häftlingen. Nichts war dabei, was den Bürgermeister überzeugen konnte. Nicht einmal die Überlegung, eine Dreiecksstädtepartnerschaft zwischen Uelzen, Antalya und dem englischen Oldham, der Stadt, aus der dieses Mädchen kam, ins Leben zu rufen, stieß auf Interesse.

Ich war weg vom Fenster. Gekündigt. Gefeuert. Abgesägt.

Meine Abneigung gegenüber Marco W. stieg von Tag zu Tag. Ich machte ihn für mein persönliches Leid verantwortlich. Und als ich eines Abends seine Visage in Fernsehen sah und miterleben musste, dass diese Verfilmung mit der schrecklichen Ferres auch noch Auszeichnungen bekommen hatte, hätte ich ihn am liebsten sofort ums Eck gebracht.

Ich versuchte mich zu beruhigen. Vergebens. Meine gesamte persönliche Enttäuschung, meinen ganzen Hass projizierte ich in diesem Moment auf Marco. Am liebsten wäre ich sofort zu ihm gerannt und hätte ihm eine verpasst. Nie wieder sollte er seinen Kopf in eine Kamera strecken.

Heute Morgen lauerte ich Marco schließlich auf, nachdem ich ihm zufällig in der Innenstadt über den Weg gelaufen war. Er sah anders aus als auf den Bildern aus der Türkei. Erwachsener und nicht mehr so hager. Trug schicke Klamotten und schien gut gelaunt zu sein. Das machte mich noch wütender. Was bildete sich dieser Typ eigentlich ein? Dachte er vielleicht auch mal daran, was sein Schicksal für mich bedeutet hatte?

Ich fackelte nicht lange und zerrte ihn in einem passenden Moment in mein Auto. Ich verpasste ihm einen Fausthieb, der ihn benommen machte, knebelte ihn mit einem Stofftuch und legte ihn auf die Rückbank. Dann fuhr ich zum Rathaus.

Im Handschuhfach lag meine Gaspistole, die ich mir vor Jahren zugelegt hatte, nachdem ich nachts an einer roten Ampel in Lüneburg überfallen worden war und mir diese Schweine mehrere hundert Euro geklaut und auch noch die Reifen zerstochen hatten.

Ich legte meine Jacke über die Pistole und richtete sie auf Marco. »Aussteigen! Los!« Ich stieg selbst aus und ging eilig um den Wagen herum. Dann zerrte ich ihn über die Straße und auf direktem Weg ins Rathaus. Einige Menschen kamen uns entgegen und blickten mich mit weit aufgerissenen Augen an. Doch niemand traute sich einzugreifen.

Wir gingen die Treppe hinauf in den ersten Stock. Während Marco vor mir her lief, fiel mir auf, dass er viel kleiner war, als er im Fernsehen wirkte. Persönlich waren wir uns bislang noch nicht begegnet.

Mein ehemaliges Büro lag am Ende des Gangs. Die Tür stand offen. Ich schob den schlaksigen jungen Mann vor mir her in das Zimmer.

»Los hinsetzen!«, rief ich und öffnete das Fenster des miefigen Büros. Den Lauf meiner Pistole richtete ich noch immer genau auf seinen Kopf.

Ich dachte nach, was ich mit ihm machen sollte. Gehen lassen kam nicht in Frage, er sollte meine Wut zu spüren bekommen. Mir kam eine absurde Idee, ihn zu quälen. Ich knotete seine Arme an die Lehnen des Bürostuhls und drehte ihn mit aller Kraft, die ich aufbringen konnte, im Kreis. Schon nach wenigen Sekunden wurde ihm schlecht. Er riss seine Augen weit auf und trat mit den Beinen aus. Na also, dachte ich mir. Endlich konnte ich mich rächen. Noch ein paar Runden sollte er leiden. Plötzlich sah ich, dass sich Marco durch das Stofftuch, mit dem ich ihn geknebelt hatte, erbrach. Er röchelte schwer. Sämtliche Farbe war aus seinem Gesicht gewichen.

Mir reichte es jetzt endgültig. Ich griff zum Telefonhörer und wählte die Durchwahl des Bürgermeisters. Es meldete sich Nicole aus dem Vorzimmer. Sie war überrascht meine Stimme zu hören und wollte sofort wissen, was ich denn hier mache.

»Ich halte Marco gefangen«, antwortete ich flapsig.

»Welchen Marco?«

»Na unser aller Marco. Ich kenne nur den einen.« Um mich selbst noch einmal zu versichern, drehte ich mich um und betrachtete Marco. Er zappelte noch immer nervös auf dem Stuhl herum. Seine Augäpfel waren hervorgetreten, während er sich noch immer übergab.

»Sag mal, hast du getrunken oder schnappst du gerade vollkommen über?«, fragte Nicole.

»Weder noch«, antwortete ich kühl. »Ich meine es ernst. Gib mir den Bürgermeister. Ich muss mit ihm sprechen.«

»Er sitzt gerade mit Schmitz zusammen. Es geht noch einmal um den Freizeitpark. Und dreimal darfst du raten, wer noch dabei ist.«

Ich schwieg, hatte aber bereits eine seltsame Vorahnung.

»Marco natürlich. Also hör mit diesen merkwürdigen Witzchen auf.«

Scheiße, dachte ich. Wen zum Teufel hielt ich hier denn gefangen, wenn nicht den richtigen Marco.

»Bist du dir wirklich sicher?«, fragte ich nach einigen Sekunden des Zögerns. »Ich meine, der Bürgermeister spricht gerade wirklich mit dem Fettwanst und Marco? Was soll denn das werden?«

»Wie gesagt, ich glaube es geht um diesen Freizeitpark«, antwortete Nicole. »Marco soll in die Planungen eingebunden werden, damit Schmitz den Deal stemmt. Ist wohl noch einiges an Überzeugungsarbeit notwendig. Du weißt ja selbst, wie schwierig es war.«

»Allerdings«, murmelte ich.

»Schmitz' Sohn soll übrigens auch jeden Moment dazu kommen.«

»Schmitz' Sohn? Ist das nicht diese Hohlhippe mit dem Porsche?«

»Ja, genau. Als er ihn neulich mit zu einem Gespräch brachte, dachte ich zuerst es wäre Marco. Die sehen sich nämlich verdammt ähnlich.«

»Meine Alarmglocken schrillten augenblicklich los. Wieder drehte ich mich zu dem vermeintlichen Marco um. Tatsächlich, jetzt erkannte ich ihn auch. Ich hatte statt Marco versehentlich Fettwansts Sohn entführt. Sie sahen sich wirklich zum Verwechseln ähnlich. Er hing schlaff auf meinem ehemaligen Bürostuhl, sein Kopf beugte sich leblos nach vorne.

»Was machst du denn nun eigentlich hier?«, fragte Nicole. »Und warum erzählst du mir so einen Quatsch?«

»Hab noch ein paar persönliche Dinge abgeholt«, redete ich mich raus. »Und du weißt ja, dass ich gern mal ein Scherzchen mache.«

»Ich erinnere mich«, antwortete Nicole lachend. »Du warte mal, ich sehe gerade, dass die Tür aufgeht. Ich sag dem Bürgermeister Bescheid, dass du hier bist. Er wollte ohnehin noch mal mit dir sprechen. Jetzt, wo Schmitz doch wieder Interesse zeigt.«

»Ich glaub, das ist keine gute Idee.«

»Ach kein falscher Stolz. Könnte mir vorstellen, dass sie dir den Job jetzt noch einmal anbieten. War ja nicht deine Schuld damals.«

»Ich weiß nicht«, entgegnete ich zurückhaltend.

»Wir kommen gleich bei dir rum. Falls wir denn überhaupt hier rauskommen. Irgendein Verrückter soll eine Geisel genommen und sich im Rathaus verschanzt haben.«

»Tatsächlich?«

»Immer mehr Gestörte heutzutage. Wir sehen uns gleich.« Nicole legte auf.

Verdammter Mist! Und jetzt? Ausgerechnet Fettwansts Sohn musste ich entführen. Und das auch noch, wo sie mich jetzt wieder einstellen wollten. Ich ging zurück zu meinem Bürostuhl und tätschelte dem jungen Kerl das Gesicht. Keine Reaktion. Noch einmal. Wieder nichts. Ich fasste unter sein Kinn und hob den Kopf an.

Sofort schrak ich zurück. Sein Gesicht war blau, die Augen starr. Das Erbrochene quoll noch immer durch das Stofftuch.

Ich fühlte seinen Puls. Nichts.

Panisch riss ich ihn aus dem Stuhl und legte ihn auf den Boden. Herzmassage. Sinnlos. Es tat sich nichts. Er war definitiv tot. Erstickt an seiner eigenen Kotze.

Ich spürte, dass mir der Schweiß am Kopf herunter rann. Hatte ich gerade wirklich einen Menschen umgebracht?

Hastig lief ich zur Tür und warf einen Blick auf den Flur. Ich sah mehrere schwer bewaffnete Polizisten, die eine Bürotür nach der anderen aufrissen. Auf der Suche nach dem Geiselnehmer. Wenn die wüssten. Und ganz am Ende des Gangs sah ich auch den Bürgermeister und Nicole. Gefolgt vom Fettwanst.

Ich schloss die Tür wieder, setzte mich auf den Stuhl und begann, meine Schläfen zu massieren. Mein Blick kreiste durch mein ehemaliges Büro. Nach ein paar Sekunden kam mir eine Idee, wie ich ihn vorerst verschwinden lassen konnte. Ich musste mich beeilen. Viel Zeit blieb mir nicht mehr, bis der Bürgermeister und Schmitz hier auftauchten.

Als ich die Leiche endlich da hatte, wo ich sie haben wollte, wischte ich mir den Schweiß von der Stirn, räumte notdürftig auf und öffnete die Bürotür. Vor mir standen die Leute vom SEK und richteten ihre Maschinenpistolen direkt auf mich. Einen Moment lang war ich versucht, alles zuzugeben.

»Ruhig Blut, Jungs«, sagte ich stattdessen so unaufgeregt wie möglich in dieser Situation. »Hier ist alles okay. Kein Wahnsinniger, keine Geisel.«

»In Ordnung«, rief einer der schwarz gekleideten Männer. »Dann weiter.«

171

Direkt hinter den abziehenden Polizisten erkannte ich den Bürgermeister. Und Schmitz. Ich hatte das Gefühl als wäre er noch fetter geworden.

»Das ist ja mal ein Zufall«, begrüßte mich der Bürgermeister in fast überschwänglichem Tonfall und reichte mir die Hand.

Ich nickte lächelnd und bat die beiden in mein Büro.

»Schön, dass Sie hier sind«, sprudelte es aus dem Bürgermeister nur so heraus. »Wir haben heute einen wichtigen Schritt zur Verwirklichung unseres Freizeitthemenparks gemacht. Sie erinnern sich sicherlich. Es war ja gewissermaßen Ihre Idee.«

»Ja«, antwortete ich zögerlich.

»Uns ist es sogar gelungen, Marco als Schirmherr für das Projekt zu gewinnen. Herr Schmitz fand die Idee richtig gut. Jetzt, wo Marco im Grunde rehabilitiert ist, glauben wir, dass uns sein Name sogar helfen kann.«

Der Fettwanst grinste mich an.

»Ach?«, fragte ich überrascht.

»Ja, und ich erinnere mich natürlich auch daran, dass es eine harte Entscheidung war, Ihnen zu kündigen. Sie haben schließlich im Großen und Ganzen sehr gute Arbeit geleistet.«

»Aha.«

»Deshalb haben Herr Schmitz und ich beschlossen, Ihnen ein neues Angebot zu unterbreiten. Der Themenpark soll Ihr Baby werden.«

»Das kommt sehr plötzlich«, antwortete ich kühl. Innerlich jubelte ich, konnte meine Genugtuung, dass sie auf mich zukamen und mich zurück haben wollten, kaum mehr unterdrücken.

»Das wissen wir. Aber überlegen Sie es sich gut. Das Projekt wird wegweisend für Uelzen sein.«

Ich nickte wieder und spielte weiterhin das Pokerface. So einfach sollten sie mich nicht bekommen. Auch wenn die Sache für mich längst entschieden war.

»Wir schicken Ihnen unser Angebot in den nächsten Tagen. Im Übrigen zu verbesserten Konditionen.«

Yes! Ich wollte ausflippen, musste mich aber noch ein paar Momente gedulden.

Aus dem Hintergrund hörte man, dass das SEK gerade ein benachbartes Bürozimmer stürmte. Ein warmer Windstoß blies über den Flur. Durchzug. Plötzlich schlug die Bürotür mit einem lauten Knall zu.

Im nächsten Augenblick Gepolter und ein dumpfer Aufschlag. Der Bürgermeister und Schmitz sahen mich irritiert an. Dann klappte die Tür des schmalen Garderobenschranks auf und Fettwansts Sohn fiel genau vor unsere Füße.

Die Möwe mit der Pommesgabel

Kellenhusen

Ich gebe zu, ich kann mich nicht daran erinnern, mir jemals tiefere Gedanken über Jonathan gemacht zu haben. Lange Zeit wusste ich nicht einmal, dass Jonathan gar nicht Jonathan, sondern eigentlich Sven hieß. Dass seine Eltern ihm einfach einen anderen Namen verpasst hatten, als er noch klein gewesen war. Gleich nachdem sie gesehen hatten, wie rasend schnell und gleichzeitig geschmeidig er sich bewegte. Damals, vor vielen Jahren.

Vielleicht hatten sie sofort gespürt, dass Jonathan anders war. Im Gegensatz zu mir, denn bis vor wenigen Tagen war mir nie etwas Ungewöhnliches an ihm aufgefallen. Ich hatte schlichtweg nicht gemerkt, dass mit ihm offenbar etwas nicht stimmte. Dass er sich vielleicht schon seit längerer Zeit zunehmend seltsam verhielt. Dass er womöglich längst dabei war, den Verstand zu verlieren.

Denn anders ließ sich die Situation, die sich gerade vor meinen Augen abspielte, jedenfalls nicht erklären.

Jonathan und ich waren schon immer beste Freunde gewesen. Bereits so lange, dass wir unsere Freundschaft überhaupt nicht mehr hinterfragten. Wir waren immer füreinander da gewesen, wenn wir die Hilfe des anderen gebraucht hatten. Innig miteinander verbunden wie Geschwister.

Vielleicht gab es aber auch einen ganz anderen Grund, weshalb mir an ihm nichts Besorgniserregendes aufgefallen war. Denn immerhin war Jonathan mittlerweile ein erwachsenes Männchen. Und manchmal waren Männchen gar nicht mal so einfach zu durchschauen. Beinahe genauso undurchschaubar und kompliziert wie wir Weibchen. Aber auch nur manchmal, denn eigentlich waren sie doch relativ simpel gestrickte Lebewesen, die nach Schema F funktionierten. Denen es nur selten gelang, mich zu überraschen.

An diesem Morgen vor zwei Wochen, als der ganze Wahnsinn begann, kam jedoch alles ganz anders.

Ich saß wie jeden Tag auf der Aussichtsplattform am Ende der langen Seebrücke von Kellenhusen und genoss die morgendlichen Sonnenstrahlen. Es war noch sehr früh an diesem Tag und wie immer nichts los zu dieser Uhrzeit. Der ganze Ort ruhte noch, die Strände waren leer und das flache Wasser glitzerte so wunderschön in der Sonne, dass ich vor Glück über mein Leben seufzen musste.

Es war die beste Zeit des Tages und sie gehörte mir ganz allein. Ich schrie freudig ein wenig vor mich hin, dann stieg ich mit einigen kräftigen Flügelschlägen in die Luft auf, drehte ein paar Runden über das ruhig daliegende Meer und verrichtete schließlich zufrieden und in aller Ruhe mein Morgengeschäft.

Die meisten meiner Freunde taten es dagegen lieber am Nachmittag, wenn es hier so voll war, dass sie sichergehen konnten, irgendeinen Menschen zu treffen.

Für mich kam das nicht in Frage. Ich war gerne ungestört bei dieser intimen Sache. Außerdem schadete es unserem ohnehin schon schlechten Image, wenn sich meine Artgenossen derart schlecht benahmen. Schließlich war es ja kein Geheimnis, dass viele Möwen ganz einfach nach dem Motto lebten: Ist der Ruf erst ruiniert, scheißt sich's gänzlich ungeniert.

Jonathan tauchte plötzlich wie aus dem Nichts auf. Er kam wie ein Irrer vom Strand aus angeflogen, tauchte unter den Brückenbögen durch und flog über mich hinweg. Aus den Augenwinkeln erkannte ich die Pommesgabel in seinem Mund. An ihrer Spitze schien noch Ketchup zu kleben.

Jonathan bremste viel zu spät ab, sodass er komplett über das geschwungene Dach der Aussichtsplattform hinweg schoss und ins Meer stürzte.

Im ersten Moment dieses Spektakels musste ich laut lachen, doch als ich sah, dass Jonathan von einer Welle erfasst und gegen einen der Pfeiler katapultiert wurde, spürte ich mit einem Mal ein Gefühl von Panik in mir aufsteigen. Es hatte einfach schon zu viele Möwen in meinem Leben gegeben, die ich durch tragische Unfälle verloren hatte.

Ich zögerte keine Sekunde und flog senkrecht im Sturzflug in Richtung Wasser. Kurz bevor ich die Wasseroberfläche durchbrach, bremste ich ab und fuhr mein Fahrgestell aus. Meine Füße glitten unter Wasser und griffen nach Jonathan, dessen lebloser Körper langsam in die Tiefe zu sinken drohte. Mit letzter Kraft zog ich ihn heraus und schlug ihm mehrmals kräftig mit den Flügeln ins Gesicht. So lange, bis er wieder zu sich kam und einen großen Schwall Wasser ausspuckte.

Er blickte mich derart verdutzt an, dass ich ihm mit meinen Flügeln eine doppelte Ohrfeige verpasste. Mit Erfolg. Endlich war er wieder bei Sinnen. Sofort zeterte er drauflos.

Wir schüttelten uns kurz und flogen gemeinsam zurück auf das Dach der Aussichtsplattform ganz am Ende der Seebrücke, wo wir uns erschöpft fallen ließen.

»Was war das denn?«, fragte ich, nachdem wir uns beruhigt hatten.

»Bin ein bisschen zu schnell gewesen«, keuchte Jonathan.

»Ein bisschen zu schnell?«, fragte ich lauter als beabsichtigt. »Du kamst wie ein Kamikazeflieger herangeflogen. Hast du vor allem mal auf den Sonnenstand gesehen? Um diese Zeit schläfst du doch normalerweise noch.«

»Musste was erledigen«, antwortete Jonathan kurz angebunden.

»Aha, und verrätst du mir auch, was du heute Morgen bereits so Dringendes erledigen musstest?«

»Nichts, was so wichtig wäre, uns diesen wunderschönen Morgen vermiesen zu lassen.« Jonathan versuchte erfolglos zu lächeln.

Ich musterte ihn. Irgendetwas stimmte nicht mit Jonathan. Er verhielt sich merkwürdig, als hätte er zu viel Seetang gegessen, der seine Sinne vernebelte.

»Ich muss jetzt weiter«, sagte er plötzlich. »Wir sehen uns später.«

Wir sahen uns den ganzen Tag über nicht mehr. Und auch am Abend nicht, als ich mit Anke und Ruth noch ein kurzes Bad in der Ostsee nahm und die untergehende Sonne genoss. Kurzzeitig überlegte ich, meinen besten Freundinnen davon zu erzählen, wie seltsam sich Jonathan heute Morgen benommen hatte. Aber ich verzichtete darauf, wollte lieber abwarten, ob er womöglich nur schlecht geschlafen hatte und es eine einfache Erklärung für sein Verhalten gab.

Tatsächlich war in den Tagen danach wieder alles beim Alten. Ich genoss den Sonnenaufgang über dem Meer, ließ mir die warmen Strahlen auf mein Gefieder scheinen und verrichtete ungestört mein allmorgendliches Geschäft. So konnte gerne jeder Tag starten. Bis ich eines Tages in den Möwenhimmel aufsteigen würde.

Das waren die Momente in meinem Leben, in denen ich einfach nur genoss, eine Möwe zu sein. In denen ich alles andere um mich herum vergaß. Die schlechten Zeiten. Die Phase meines Lebens, die ich seither erfolglos versuchte, aus meinen Erinnerungen zu löschen.

Ich war knapp ein Jahr alt gewesen, als meine Eltern wie jeden Tag unterwegs gewesen waren. Auf der Suche nach einem vernünftigen Abendbrot. Frischer Fisch aus dem Meer und als Beilage ein paar Pommes von der Imbissbude an der Promenade. Fish 'n' Chips eben.

Sie waren gemeinsam mit Jonathans Eltern losgeflogen, die zu ihren engsten Freunden zählten. Zusammen hatten sie ihre tägliche Beutetour in Angriff genommen, waren lange unterwegs gewesen. Zu lange.

Am späten Abend ahnten Jonathan und ich, dass unsere Eltern nie wieder zurückkehren würden. Nie zuvor hatten sie uns so lange allein gelassen. Uns beiden war klar gewesen, dass ihnen etwas zugestoßen sein musste.

Wir hatten aufgrund der Dunkelheit bis zum nächsten Morgen warten müssen, ehe wir uns auf die Suche nach ihnen machten. Bis heute bereue ich, dass wir nicht jemand anderen, vielleicht einen meiner Onkel, losgeschickt haben. Denn der Moment, die eigenen Eltern tot und mit grauenvoll verrenkten Gliedmaßen und Schaum vor dem Mund entdecken zu müssen, war wahrscheinlich das Schlimmste, was einer Möwe passieren konnte.

Jonathan und ich hatten die nächsten Wochen eng umschlungen fast ausschließlich in unserem Nest in der Steilwand gleich in der Nähe des Leuchtturms verbracht. Wir hatten nicht viel miteinander gezwitschert, jedes Wort wäre zu viel gewesen und hätte unserer Trauer ohnehin nicht geholfen.

Erst nach einem halben Jahr hatten wir uns schließlich wieder unter die anderen Möwen getraut. Unser Leben musste weitergehen, ob wir wollten oder nicht.

Der Tod unserer Eltern lag jetzt fast drei Jahre zurück. Trotzdem dachte ich auch heute noch jeden Tag, wenn ich hier auf der Seebrücke saß, an sie. Bis heute wusste niemand genau, was damals mit ihnen und Jonathans Eltern tatsächlich passiert war.

Wie es dazu kommen konnte, dass sie alle vier auf diese qualvolle Weise gestorben waren.

Es gab diese Gerüchte. Über größere Vögel, die unsere Eltern attackiert hatten. Über einen Stromschlag oder einen Blitz, der sie getroffen haben könnte.

Aber ich habe sie gesehen. Wie sie da lagen. Und ich weiß, dass die Gerüchte nichts weiter als ein schwacher Trost hatten sein sollen. Vielleicht weil es eine Wahrheit gab, die mich härter getroffen hätte. Jedenfalls weiß ich, dass es an diesem Tag kein Gewitter gegeben hatte, und von einer Hochspannungsleitung in der Nähe hatte ich noch nie gehört. Und welche Vögel hätten Jonathans und meine Eltern bitte schön auf diese brutale Weise töten sollen? Und vor allem weshalb? Das alles klang nicht nur unglaubwürdig, das war es auch.

Mir war klar, dass da etwas anderes sein musste, das nie ans Tageslicht geraten war. Nicht ans Tageslicht geraten durfte. Dennoch haben Jonathan und ich beschlossen, die Sache auf sich beruhen zu lassen. So sehr es auch schmerzte.

Vielleicht hatte ich die Zeichen tatsächlich nicht sehen wollen. Anke und Ruth waren einige Tage später vorbeikommen und hatten es sich neben mir in der Morgensonne gemütlich gemacht. Auch sie waren für ihre Verhältnisse ungewohnt früh am Tag unterwegs gewesen.

Sofort war ich auf der Hut. Irgendetwas führten sie im Schilde.

Es dauerte nicht lange, bis ich verstand, dass sie wegen Jonathan gekommen waren.

»Findest du nicht auch, dass er sich seltsam verhält?«, hatten sie mich gefragt. »Er macht den Eindruck, als ob ...« Anke hatte innegehalten, ehe sie weitersprach. »Glaubst du auch, dass er von dem Seetang abhängig ist?«

»Ich glaube, Jonathan hat es nicht leicht gehabt in seinem Leben und macht momentan eine schwere Phase durch. Ich weiß, wovon ich spreche.«

»Ja, vielleicht«, hatte Ruth geantwortet. »Aber es kommt mir nun mal so vor, als wäre er momentan anders als sonst.«

Es vergingen weitere Tage, in denen ich die Sommersonne und die Ruhe auf der Seebrücke genoss, allerdings vergeblich darauf wartete, dass Jonathan das Gespräch mit mir suchte. Es war schlichtweg so, dass er mir aus dem Weg ging, ohne dass ich auch nur den Hauch einer Ahnung hatte, warum.

Am späten Nachmittag flog ich in Richtung Promenade. Wie üblich provozierte ich einige Menschen in dem ein oder anderen Café, indem ich in geringer Höhe über die Außenbestuhlung kreiste und so tat, als würde ich mein Geschäft auf ihre Köpfe machen oder ihnen ihr Essen vom Teller klauen wollen. Doch tatsächlich war ich harmlos im Gegensatz zu vielen meiner Artgenossen.

Stattdessen erblickte ich plötzlich Jonathan. Er saß auf einer der geschwungenen Mauern und ließ nachdenklich seinen Blick über die Promenade und die Gebäude in der ersten Reihe schweifen.

Kurzerhand steuerte ich zurück aufs offene Meer, fischte mir zwei Heringe als Snacks aus dem Wasser und flog wieder zurück. Mit einem Zwinkern ließ ich mich neben Jonathan nieder.

»Hier, für dich«, sagte ich. »Du siehst so aus, als könntest du einen vertragen.«

»Danke.«

Ich steckte ihm den Fisch in den Schnabel und sah ihm tief in die Augen. »Alles okay mit dir?

»Klar.«

»Weshalb sitzt du so allein hier?«

»Tu doch nicht so«, antwortete er. »Oder hast du etwa vergessen, was morgen für ein Tag ist?«

Für einen kurzen Moment zuckte ich zusammen. Ich wollte es nicht zugeben, aber ich hatte tatsächlich nicht an den Todestag meiner Eltern gedacht.

»Du weißt es wirklich nicht mehr?«

»Doch, natürlich«, antwortete ich. »Aber du weißt, dass ich einen Weg gefunden habe, damit umzugehen. Ich denke jeden Tag an sie. Dass es morgen drei Jahre sind, macht es für mich allerdings nicht zu einem besonderen Trauertag.«

»Da unterscheiden wir uns vielleicht«, sagte Jonathan. »Ich habe seit Tagen nichts anderes im Kopf als die Bilder von damals.«

»Verrätst du mir, was letzte Woche mit dir los war, als ich dich vor dem Ertrinken gerettet habe? Weshalb warst du so früh auf den Beinen und bist wie ein Irrer über die Seebrücke geflogen?«

»Ich hatte etwas Streit. Nichts von Bedeutung.«

»Du willst also nicht darüber reden«, folgerte ich. »Kein Problem. Dann sag mir nur, dass es dir gut geht und du nichts Schlimmes getan hast.«

»Wie kommst du darauf, dass ich etwas Schlimmes getan habe?«, fragte Jonathan überrascht. »Was meinst du überhaupt damit?«

»Ich weiß nicht, war nur so eine Vermutung«, sagte ich und wusste nicht, was ihm entgegnen sollte. Bildete ich mir nur ein, dass mit ihm etwas nicht stimmte?

»Glaub mir, es ist alles in Ordnung«, versicherte er. »Ich brauche im Moment einfach etwas Zeit für mich.«

»Na schön, dann will ich dich gar nicht länger stören. Wenn dir nach Reden ist, melde dich einfach bei mir. Du weißt ja, wo du mich findest.«

»Klar.«

Ich nickte ihm zu und flog davon. Noch während ich unterwegs war, wurde mir klar, dass er mich angelogen hatte. Mit Sicherheit gab es da noch andere Dinge als den Jahrestag des Todes unserer Eltern, die ihn beschäftigten. Probleme, über die ich nichts weiter wusste und auch nichts wissen sollte.

Erneut vergingen Tage, ohne dass ich mich mit Jonathan sprach. Und ohne zu verstehen, was in seinem Kopf vor sich ging.

Alles war so friedlich hier. Die totale Erfüllung. Jeden Tag aufs Neue nichts anderes als gedankenlos in der Sonne sitzen, alle paar Stunden eine Mahlzeit aus dem Meer fischen und abends zufrieden zurück in unsere Felswand fliegen. Das Leben konnte so einfach sein.

Zumindest hätte es so einfach sein können. Wenn da nicht plötzlich Ruth vollkommen aufgelöst angeflogen gekommen wäre. Ihre Augen waren feucht, die Pupillen flipperten hin und her.

»Was ist los?«, fragte ich verunsichert.

»Du musst mitkommen, etwas Schreckliches ist geschehen.«

»Was denn?«

Ruth wandte sich ab, stieg wieder auf und flog in Richtung Strand.

»He, warte doch«, rief ich. »Sag mir, was passiert ist.«

Ruth hörte mich nicht mehr, flog stattdessen genauso schnell davon, wie sie gekommen war.

Ich schüttelte meine Flügel, machte mich locker und stieg ebenfalls in die Luft. Die Befürchtung, dass etwas mit Jonathan nicht in Ordnung war, kam schlagartig zurück.

Die Angst um ihn trieb mich an. Im Tiefflug schoss ich über die Seebrücke. Sekunden später hatte ich bereits die Promenade · erreicht.

Ich sah mich um. Wo war Ruth?

Ich brauchte einige Augenblicke, ehe ich sie erkannte. Mit wilden Flügelschlägen kreiste sie in der Nähe der Imbissbude am Ende der Promenade. Dort, wo ich vor einigen Tagen mit Jonathan gesessen hatte.

Der Kloß in meinem Hals wurde immer größer, während ich mich langsam näherte.

Ich hörte die aufgeregten Menschenstimmen schon von weitem. Es schien ein großes Tohuwabohu vor und in dem Imbiss zu herrschen. Kurzerhand ließ ich mich wieder auf der Mauer nieder und schloss die die Augen.

Ich hatte also tatsächlich zu lange nicht gemerkt, dass mit Jonathan etwas nicht stimmte. Dass er sich vielleicht schon seit Monaten zunehmend seltsamer verhielt. Dass er womöglich dabei war, allmählich den Verstand zu verlieren.

Denn anders ließ sich die Situation, die sich gerade vor meinen Augen abspielte, jedenfalls nicht erklären.

Ich öffnete die Augen wieder und sah sofort, dass alles noch viel schlimmer war, als ich befürchtet hatte. Jonathan war außer sich vor Wut. Wie wahnsinnig geworden stürzte er immer wieder mit einer Pommesgabel im Schnabel auf den Mann hinter der Theke des Imbisses hinab. Er verletzte ihn am Kopf und am Hals, im Gesicht und an den Händen. Der Mann blutete sogar bereits. Was war denn bloß in Jonathan gefahren?

Ich rief nach ihm, krächzte so laut ich konnte. Aber er hörte mich nicht, schien gar nicht mehr wahrzunehmen, was gerade mit ihm passierte.

Wieder schoss Jonathan aus mehreren Metern Höhe hinab und traf den Mann am Hals. Blut spritzte plötzlich aus einer Wunde.

Ich hörte Schreie. Im nächsten Moment griff der Mann mit seinen riesigen Pranken nach Jonathan. Er bekam ihn zu fassen, zerquetschte ihn beinahe mit seinen Händen. Die Augen des Mannes funkelten, er schien zu allem entschlossen zu sein.

Jonathan rang nach Luft. Er kämpfte um sein Leben, das er, weshalb auch immer, selbst auf Spiel gesetzt hatte.

Aber er hatte keine Chance gegen diesen Mann. Er würde Jonathan einfach töten, wenn nicht ... In meinem Kopf rasten die Gedanken. Ich wollte nicht, dass Jonathan starb.

Ich konnte nicht länger warten. Kraftvoll stieg ich in die Luft und gab Ruth, die noch immer wild flatternd um das Gebäude kreiste, ein Zeichen, dass sie sich beruhigen sollte. Dann näherte ich mich der Imbissbude. Erst ganz langsam, dann so schnell, dass dieser schreckliche und brutale Mann gar nicht mehr reagieren konnte.

Ich setzte mich direkt auf seinen Kopf und versuchte, mich mit meinen Füßen festzukrallen. Für einen kurzen Augenblick trafen sich Jonathans und mein Blick. Ich sah die Todesangst in seinen Augen, nickte ihm jedoch zu als Zeichen dafür, dass ich alles in Ordnung bringen würde. Dann versuchte ich mich zu konzentrieren. Mich mit aller Kraft darauf zu fokussieren, was notwendig war.

Es musste ein Zeichen gewesen sein, heute Morgen. Kurz bevor ich mein Morgengeschäft hatte erledigen wollen, war ich durch einen besonders großen Hering im Meer abgelenkt gewesen. Ich hatte nicht gezögert und die Chance auf ein opulentes Frühstück ergriffen. Das Geschäft hatte warten müssen. Aber jetzt war die beste Gelegenheit, es nachzuholen.

Ich drehte mich um hundertachtzig Grad, ging in die Knie und drückte so fest ich konnte. Das Geschäft war größer und ergiebiger als alles andere, was je zuvor aus meinem Körper gekommen war. Ich traf die Stirn und die Augen des Mannes. Er schrie panisch, während es weiter hinunter in Richtung Nase und Mund rann.

Augenblicklich lockerte er seine Hände. Ich zog Jonathan aus seinem Griff und schlug so kräftig wie nur möglich mit meinen Flügeln.

Ich fühlte mich jetzt wie in Trance. Gemeinsam stiegen Jonathan und ich auf und flogen davon. Wir drehten uns nicht mehr um, nur die Schreie des Mannes hallten noch in unseren Ohren nach.

Gefühlt lagen wir jetzt schon seit Stunden auf dem Dach der Aussichtsplattform ganz am Ende der Seebrücke. Tatsächlich waren allerdings erst ein paar Minuten vergangen, seitdem ich Jonathan aus den Fängen dieses Mannes gerettet hatte.

Ich hatte noch immer keine Ahnung, was in Jonathan gefahren war. Weshalb er Amok geflogen war und diesen Menschen mit einer Pommesgabel attackiert hatte.

»Ich bin dir wohl eine Erklärung schuldig«, sagte er plötzlich und sah mich mit einer Mischung aus Schuldbewusstsein und Trotz an.

»Du bist mir gar nichts schuldig, aber es wäre trotzdem schön zu wissen, welchen Grund du hattest, das zu tun.«

»Hast du wirklich nicht den Hauch einer Ahnung«

Ich fixierte Jonathan. Meine Gedanken kreisten seit geraumer Zeit nur noch darum, was es mit Jonathans Attacke auf sich gehabt hatte. Ich hatte eine Vermutung, die ich jedoch nicht äußern wollte.

»Lass gut sein«, sagte er niedergeschlagen. »Ich werde es dir verraten.«

Dann begann Jonathan endlich zu erzählen. Was er herausgefunden hatte. Von dem Imbissbudenbesitzer, der damals das Rattengift ausgelegt hatte, an dem Jonathans und meine Eltern gestorben waren. Davon, wie alles hatte vertuscht werden sollen. Und von den Anstrengungen, die Wahrheit herauszufinden.

Jetzt, wo ich wusste, was damals passiert war, war ich mir nicht einmal mehr sicher, was ich erwartet hatte. Ich wusste lediglich, dass ich vieles von dem, was gerade in meinem Kopf vor sich ging, noch lange mit mir herumschleppen würde.

Ich rückte näher an Jonathan heran, berührte ihn mit meinem Flügel. Plötzlich spürte ich ein Kribbeln in mir. Etwas, von dem mir Ruth neulich schon einmal erzählt hatte. Das war im Zusammenhang mit ...

Ich zuckte zusammen, als ich mich wieder an ihre Worte erinnerte. Ruths Kribbeln ... Sie war verliebt gewesen. Zum ersten Mal in ihrem Leben.

Mein Blick richtete sich zur Seite. Da war Jonathan. Er sah so aus wie immer. Wie ich ihn kannte. Seitdem wir klein waren. Und doch sah ich in Jonathan plötzlich jemand ganz anderen.

Es hatte lange gedauert, aber jetzt wusste ich es. Wir beide waren nicht nur wie Geschwister und beste Freunde. Wir waren noch viel mehr.

»Ich bin stolz auf dich«, sagte ich schließlich. »Dieser Mensch hat es nicht anders verdient.«

»Ehrlich?«

»Ehrlich«, antwortete ich und schenkte ihm ein Lächeln. »Und jetzt komm schon. Zu zweit werden wir es schaffen.«

Wir richteten uns auf und blickten uns tief in die Augen. Liebend gerne hätte ich mit Jonathan in diesem Moment geschnäbelt. Doch stattdessen nickten wir uns zu und stiegen wieder in die Luft, um noch einmal zurück in Richtung Imbissbude zu fliegen.

»... and the name of the street?«

»Stapenhorststraße.«

Die beiden bulligen Polizisten würdigten Simon Strack keines Blickes und steckten ihre großen russischen Schädel zusammen.

Es schien, als versuchte Strack ihr Mienenspiel zu deuten. Der linke der beiden Männer, ein Mitte dreißigjähriger Hüne mit blondem Seitenscheitel und grobporiger Haut, kaute auf seinen Fingernägeln. Der andere, eher der kurz geschorene slawische Typ mit Oberarmen wie Dalben, redete ununterbrochen auf den Kollegen ein und reihte dabei unverschämt viele Konsonanten aneinander.

Die Tür des kleinen fensterlosen Raums öffnete sich und ein smarter, junger Mann trat ein. Jussi Saurama stammte aus dem finnischen Uusikaupunki. Sein Vater hatte im diplomatischen Dienst der finnischen Botschaft in St. Petersburg gearbeitet. Jussi Saurama war kein typischer Finne. Er sah aus wie eine Mischung aus Michael J. Fox und Guido Westerwelle und war ungewöhnlich redselig. Man hätte meinen können, er wäre nur deshalb in so jungen Jahren zum Leiter der Kriminalpolizei von Weliki Nowgorod aufgestiegen, um die weitläufig verbreiteten Vorurteile gegenüber der Unfreundlichkeit russischer Beamter zu widerlegen.

Saurama kannte Strack bereits aus dem ersten Verhör. Seitdem waren mittlerweile mehr als fünf Stunden vergangen. Glücklicherweise sprach Saurama Deutsch. Etwas, das ihm sehr zugutegekommen war, als er den seltsamen Deutschen in die Mangel genommen hatte. Trotzdem blieb vieles an Simon Strack rätselhaft. Es war offensichtlich, dass er nicht die Wahrheit gesagt hatte.

»Wir würden Sie gerne gehen lassen«, begann er und beugte sich dabei über den Schreibtisch, vor dem Strack in einem Bürostuhl saß und aufreizend vor und zurück wippte. »Das geht jedoch nur, wenn wir Ihre Identität und Herkunft eindeutig bestimmen können. Nur dann ist die Überführung in Ihre Heimat möglich. Falls Sie nicht kooperieren wollen«, Saurama machte eine bedeutungsschwangere Pause, »müssen Sie leider mit einem unserer Zimmer Vorlieb nehmen. Sehr einfach ausgestattet, aber geräumig.«

»Schick«, antwortete Strack. »Sagen Sie mir doch bitte noch einmal, was ich tun muss.«

»Ich wiederhole mich gern, ich will nur die Wahrheit von Ihnen wissen. Woher kommen Sie?«

»33615 Bielefeld, Germany«, antwortete Strack.

»Ich habe allmählich das Gefühl, dass dieser Ort nur in Ihrer Fantasie existiert!«, entgegnete Saurama entschieden. Ihn ärgerte die Haltung des Fremden. Was wollte er überhaupt hier im kalten Russland? Und warum behauptete er, aus einer Stadt zu kommen, die es offenbar gar nicht gab.

»Wie können Sie so etwas behaupten?«, fragte Strack ungerührt.

»Weil wir niemanden in dieser Stadt ans Telefon bekommen. Nirgends hebt jemand den Hörer ab. Ein alter Schulfreund, der lange in Deutschland gelebt hat, berichtete mir vorhin, dass er noch nie etwas von einer Stadt namens Bielefeld gehört habe. Wo soll denn diese Stadt Ihrer Meinung nach liegen?«

»In Ostwestfalen«, antwortete Strack. »Im Herzen des Teutoburger Waldes.«

Saurama sah ihn irritiert an. Ostwestfalen? Was sollte das sein? Wovon sprach der Fremde?

Strack fingerte einen abgegriffenen Ausweis aus seiner Hosentasche hervor und hielt ihn Saurama hin. »Sehen Sie! Hier steht es! Name, Anschrift, Augenfarbe. Was wollen Sie denn noch mehr?«

»Wer sagt mir, dass der Ausweis nicht gefälscht ist?« Saurama blieb skeptisch. »So ein Ding kann heutzutage jeder halbwegs begabte Grafiker basteln.«

Simon Strack blickte den Kommissar kopfschüttelnd an. »Wissen Sie, da, wo ich herkomme, sind die Kriminalpolizisten genau wie hier.«

»Was wollen Sie damit sagen?«

»Dass ich weiß, wie Sie hier arbeiten und was Sie über mich denken.«

»Ach ja?«

»Ja.«

»Dann sagen Sie mir doch mal, was ich von Ihnen halte.«

»Dass ich ein kleiner mieser Verbrecher bin, der Ihnen einen Bären aufbinden will.«

Saurama lachte. Dieser Deutsche schien offensichtlich Humor zu haben.

»Weshalb denken Sie, dass es Bielefeld nicht gibt?«, fragte Strack.

»Ich habe es ununterbrochen bei den Kollegen dieser angeblichen Stadt namens Bielefeld versucht. Ohne Erfolg. Bei der Stadtverwaltung ebenfalls, mit demselben Ergebnis. Ich bin mir mittlerweile sicher, dass Sie uns hinters Licht führen wollen.«

»Schlafmützen«, sagte Simon Strack.

»Wie bitte?«

»Ich sagte, dass die Bielefelder Beamten Schlafmützen sind.«

»Ich glaube, ich verstehe nicht, was Sie meinen.«

»Haben Sie einen Atlas?«, hakte Strack ein.

»Google Maps«, sagte Saurama kurz angebunden.

»Sehen Sie, dann überzeugen Sie sich doch selbst von der Existenz Bielefelds. Ich kann Ihnen sogar die Straße zeigen, in der ich wohne.«

»Nicht nötig, ich habe mich bereits davon überzeugt. Das Internet ist keine Quelle, auf die wir unsere Beweisverfahren aufbauen. Es ist voll mit gefälschten Fakten. Wie können wir sicher sein, dass es sich wirklich um Bielefeld handelt?«

»Lesen Sie das hier!« Strack zog einige Zettel aus seiner Hosentasche hervor und drückte sie Saurama in die Hand. »Dann werden Sie mir glauben, dass ich die Wahrheit sage.«

Saurama verzog keine Miene und nahm die Zettel schweigend entgegen.

»Nennen Sie mir doch mal einen vernünftigen Grund, warum ich Ihnen nicht die Wahrheit sagen sollte«, schob Strack nach.

»Vielleicht wollen Sie ja gar nicht zurück in Ihre Heimat?«

»Was erzählen Sie denn da?« Strack lachte laut auf. »Hören Sie, ich will nicht ungeduldig werden, aber wie lange wollen Sie mich hier eigentlich noch festhalten?«

»So lange, bis wir wissen, wer Sie wirklich sind, woher Sie kommen und was Sie hier machen.« Saurama stand auf und verließ den spärlich möblierten Raum. In der Tür drehte er sich noch einmal um. »Vergessen Sie nicht, wo wir hier sind. Die Leute mögen es nicht, an der Nase herumgeführt zu werden.«

Jussi Saurama hing müde vor seinem Flachbildschirm und sammelte Informationen über den Fremden. Google spuckte mehr als dreißig Millionen Treffer zu »Bielefeld« aus. Es gab Bilder, Stadtpläne und Jobangebote. Sogar einen Profifußballclub. Aber niemanden, den er telefonisch erreichen konnte. Auch per E-Mail hatte ihm niemand geantwortet. Diese Stadt schien unerreichbar zu sein.

Mit einem Becher Kaffee in der Hand schlurfte Saurama ins Verhörzimmer. Von der Dynamik, die er noch am Tag zuvor ausgestrahlt hatte, war nicht mehr viel zu sehen. Simon Strack und das Rätsel über seine Herkunft hatten ihm die halbe Nacht über keine Ruhe gelassen.

Strack wirkte unverändert. Sein hagerer Körper passte sich formgenau an den Bürostuhl an. Nichts an ihm deutete darauf hin, dass er es besonders eilig gehabt hätte, endlich zurück in seine Heimat zu kommen. Er zog seelenruhig eine Selbstgedrehte hinter dem Ohr hervor, schob sie in den Mund und nickte Saurama auffordernd zu.

Der Kommissar tat Strack den Gefallen und gab ihm Feuer. Dann setzte er sich und sah den merkwürdigen Mann aus Bielefeld prüfend an. Also dasselbe Spiel wie gestern, dachte er.

»Wie geht es Ihnen?«

»Bestens«, antwortete Strack gut gelaunt. »Ich gehe davon aus, dass ich bald nach Bielefeld überführt werde? Jetzt, wo Sie alles überprüft haben.«

»Was meinen Sie?«

»Na die Zettel, die ich Ihnen gestern gegeben habe.«

»Die sagen gar nichts aus. Sie glauben doch wohl nicht etwa, dass mich ein paar Restaurantquittungen und Eintrittskarten für ein Fußballspiel und ein Rockkonzert in meiner Meinung über Sie beeinflussen. Da müssen Sie mir schon bessere Beweise liefern.«

Wieder nestelte Strack in seiner Hosentasche und fischte einen Zettel hervor. Eine handgeschriebene Telefonnummer kam zum Vorschein, als er ihn auseinanderfaltete. »Rufen Sie hier an! Danach müssen Sie mir einfach glauben.«

»Ich habe allmählich genug von Ihren Spielchen«, antwortete Saurama genervt. »Nennen Sie mir einen Grund, warum ich Ihnen vertrauen soll? Wen werde ich unter dieser Nummer erreichen, der mir einen Beweis für die Existenz dieser Stadt liefern kann?«

Simon Stracks Gesichtsausdruck veränderte sich. Er schien irritiert über die Sturheit Sauramas zu sein. »Wenn Sie mich nicht gehen lassen, dann sorgen Sie wenigstens dafür, dass ich einen Anwalt zur Seite gestellt bekomme.«

»Wir sind hier in Russland, das kann dauern«, redete sich Saurama heraus und verschwand frustriert auf den grauen Fluren des Präsidiums.

Am dritten Tag der Untersuchungshaft wusste Jussi Saurama nicht mehr, welche Frage er dem seltsamen Deutschen noch stellen sollte. Wieder hatte er versucht, jemanden in dieser Stadt namens Bielefeld zu erreichen. Vergeblich.

Er hatte alle Nummern, die er auf den Quittungen und Eintrittskarten entdecken konnte, angerufen. Die von einem teuren Griechen in der Wertherstraße genau wie die von einer Brasserie in der Obernstraße. Es meldete sich niemand. Und dann gab es ja noch diesen Fußballclub – wie hieß er noch gleich? Arminia Bielefeld? Natürlich, es gab diese Tabellen, in denen der Verein auftauchte, aber was bewies das schon? In der Geschäftsstelle des Vereins ging zumindest niemand ans Telefon. Genau wie bei dieser angeblichen Veranstaltungshalle, Seidenstickerirgendwas. Niemand hob ab. Im besten Fall sprang der Anrufbeantworter an.

Einen Anruf hatte Saurama jedoch noch vor sich. Er tippte die Zahlen, die auf dem gelben Zettel standen, den ihm Simon Strack gegeben hatte, in sein Telefon ein und wartete ungeduldig darauf, dass endlich jemand abnahm. Zu seiner Überraschung geschah dies tatsächlich Sekunden später.

»Hallo, mit wem spreche ich?«, fragte er.

»Kommissar Johannmeier, Kripo Bielefeld, wer fragt?«

Saurama war verblüfft. Er hatte die Nummer eines Mobiltelefons gewählt, die offenbar einem Kriminalbeamten der Stadt gehörte, von der er doch glaubte, es gebe sie gar nicht. In aller Kürze erklärte er sein Anliegen und kam dann zu seiner entscheidenden Frage:»Als Kommissar der Stadt Bielefeld werden Sie mir sicherlich sagen können, wie es sein kann, dass ich in den vergangenen Tagen niemanden in Ihrem Präsidium erreichen konnte. Genauer gesagt konnte ich in der gesamten Stadt niemanden erreichen. Seltsam, oder?«

»Urlaubszeit.« Die Antwort Johannmeiers war so simpel wie überraschend. Ehe Saurama eine weitere Frage stellen konnte, verabschiedete sich Kommissar Johannmeier und legte auf. Im selben Moment beschlich Saurama das Gefühl, als wäre er gerade einem Hochstapler aufgesessen. Konnte es sein, dass Simon Strack diese Sache mit dem Zettel und der Nummer eingefädelt hatte? Mittlerweile traute er dem Mann alles zu.

Saurama wusste einfach nicht mehr, was er glauben sollte.

Am späten Nachmittag klingelte Jussi Sauramas Telefon und riss ihn aus seiner von Stunde zu Stunde trüber werdenden Stimmung. Der Anrufer stammte aus den Niederlanden und kam ohne Umschweife auf Simon Strack zu sprechen. Saurama war perplex, erinnerte sich dann jedoch wieder daran, dass er heute Morgen eine europaweite Anfrage geschaltet hatte. Offenbar schien der erste Kollege angebissen zu haben.

»Was kann ich für Sie tun, Herr ...?«

»Postma«, ergänzte der Mann. »Ich rufe an, weil ich Ihnen wahrscheinlich helfen kann.«

»Ach ja, wie darf ich denn das verstehen?«

»Sie sind auf der Suche nach Beweisen dafür, dass diese Stadt namens Bielefeld existiert, richtig?«

»Ja.«

»Die gibt es aber nicht, diese Beweise.«

»Was wollen Sie damit sagen?«

»Es gibt keine Stadt, die Bielefeld heißt.«

»Tatsächlich?«, fragte Saurama. »Und was veranlasst Sie zu dieser Schlussfolgerung?«

»Wir hatten einen ganz ähnlichen Fall hier bei uns«, sagte Postma. »Ein kleineres Verbrechen, begangen von einer Frau, die steif und fest behauptete, aus einer deutschen Stadt zu stammen, die Bielefeld heißt. Ich hatte schon einmal von dieser Stadt gehört und hätte niemals gedacht, dass ...«

»... es sich nicht um eine real existierende Stadt handelt?«, vollendete Saurama.

»Genau«, bejahte der niederländische Kollege. »Wir haben wochenlang alles geprüft. In unserem Abschlussbericht kamen wir zu dem Ergebnis, dass es diese Stadt nicht geben kann.«

»Aber was ist mit all den Fakten im Internet? Die Stadt hat dreihundertdreißigtausend Einwohner, die meisten sind im Telefonbuch aufgelistet. Was ist mit ihnen? Uns liegen Beweise vor, dass man in Bielefeld gut essen gehen und Profifußball sehen kann. Ist das alles Quatsch? Wie soll denn das funktionieren?« Endlich gelang es Saurama, all die Fragen zu stellen, die ihm schon seit Tagen unter den Nägeln brannten.

»Es muss sich um eine groß angelegte Täuschung handeln. Wir kennen die Hintergründe nicht, aber Bielefeld ist nicht mehr als eine Scheinwelt. Erschaffen, um möglicherweise etwas zu vertuschen.«

»Und was soll das sein?«, fragte Saurama skeptisch. Postmas Andeutungen klangen vage und kaum glaubwürdig.

»Wir wissen es noch nicht«, antwortete Postma. »Aber denken Sie mal scharf nach! Warum ausgerechnet Kriminelle? Warum immer im Ausland?«

»Das ist in der Tat seltsam. Was kann denn das zu ...?«

»Ich muss jetzt Schluss machen«, unterbrach ihn Postma. »Wir bleiben an der Sache dran und hören bald voneinander.«

Am Abend hatten Jussi Saurama mehr als fünfzig Anrufe und etwa zweihundert E-Mails erreicht. Mit immerzu derselben Message. Aus ganz Europa hatten sich Kollegen gemeldet und von ähnlichen Fällen berichtet. Überall wimmelte es plötzlich von Menschen, die behaupteten, aus einer Stadt namens Bielefeld zu stammen.

Sauramas Gemütslage schwankte zwischen Hoffnung und Ratlosigkeit. Einerseits ließ ihn das Gefühl, einer großen Sache auf der Spur zu sein, nicht mehr los. Doch andererseits fehlte ihm das entscheidende Beweismittel dafür, dass Simon Strack nichts weiter als ein Betrüger war. Einen letzten Versuch wollte er unternehmen, um mehr aus diesem seltsamen Mann herauszubekommen. Schließlich gab es da ja noch dieses Gespräch mit Kommissar Johannmeier. Was hatte es mit seiner Bemerkung auf sich, dass aufgrund der Urlaubszeit niemand ans Telefon gegangen sei? Konnte sich Saurama überhaupt sicher sein, dass Johannmeier tatsächlich Kommissar war? Oder war auch er nur ein Teil dieser scheinbaren Verschwörung?

Stracks Miene hatte sich verändert. Er schien beunruhigt zu sein. In verkrampfter Haltung saß er auf dem Schreibtischstuhl und wippte nervös mit seinem linken Fuß. Die Pupillen flackerten, als Saurama ihm gegenübertrat.

Er kam sofort zur Sache. »Wir wissen jetzt, dass Sie nicht die Wahrheit gesagt haben. Es scheint ein weitverbreitetes Phänomen zu sein zu behaupten, man käme aus einer Stadt namens Bielefeld.«

»Wovon sprechen Sie?«, fragte Simon Strack unsicher.

»Davon, dass es noch mehr von Ihrer Sorte gibt. Kleine, miese Verbrecher, denen keine noch so dreiste Lüge zu billig ist, um sich um eine Verurteilung herumzudrücken. Mein Telefon stand heute nicht still. Ihre Geschichte hat sich so oder so ähnlich auch in England, den Niederlanden und selbst auf den Färöer-Inseln abgespielt. Ich glaube nicht an Zufälle, ich bin Finne und von Haus aus bodenständig. Erzählen Sie mir jetzt endlich, wo Sie tatsächlich herkommen und was es mit diesem ‚Bielefeld‘ auf sich hat!«

»Ich kann mich nur wiederholen.« Strack schüttelte den Kopf. »Ich wohne in der Stapenhorststraße in 33615 Bielefeld, Germany. Warum glauben Sie mir das denn nicht?«

Saurama verzweifelte. Er verstand, dass aus diesem drahtigen, undurchschaubaren Mann nicht mehr herauszuholen war. Was würde mit ihm geschehen? Konnten sie einen Mann, dessen wahre Identität vielleicht für immer ungeklärt blieb, überhaupt verurteilen? Abschieben konnten sie ihn wohl nicht. Wohin auch?

»Hören Sie, Sie möchten doch zurück in Ihre Heimat, oder nicht?« Ein allerletzter Versuch, dachte sich Saurama.

Simon Strack zuckte mit den Schultern.

»Sie werden hier in Weliki Nowgorod bis an Ihr Lebensende schmoren müssen, wenn Sie weiter schweigen.«

Erneutes Schulterzucken.

»Wollen Sie das?«, fragte Saurama.

Strack schwieg beharrlich.

»Oder ist es etwas anderes, das Sie antreibt?«

»Und zwar?«, entgegnete Strack neugierig.

»Dass Sie gar nicht in Ihre Heimat zurückwollen? Sie haben nämlich Angst davor, abgeschoben zu werden, weil Sie wissen, was Sie dort erwartet.«

Strack sah Saurama mit großen Augen an. Es dauerte einige Sekunden, dann lehnte er sich vor und seine nervöse Maskerade fiel langsam von ihm ab. Ein breites Lächeln erstreckte sich über sein Gesicht, entschlossen klatschte er in die Hände. »Zwischendurch habe ich ernsthaft an Ihnen gezweifelt«, sagte er schmunzelnd. »Aber insgeheim wusste ich, dass Sie dahinterkommen würden. Glückwunsch!«

Saurama lächelte zurück und nickte. Dann erhob er sich. Er hatte verstanden, ohne wirklich zu verstehen.

Es war noch dunkel, als Jussi Saurama im Präsidium erschien. Eine unbestimmte Vorahnung hatte ihn nicht schlafen lassen. Ein seltsamer Traum von einem Fremden, der Unglück über die Stadt gebracht hatte.

Simon Strack war verschwunden, die Tür zu seiner Zelle stand offen und ein Wachmann lag mit klaffender Kopfwunde davor. Der Mann lebte und war offenbar nur niedergeschlagen worden.

Saurama dachte nach. Er empfand ein Gefühl der Erleichterung, ja beinahe Freude darüber, dass Strack nicht mehr da war. Die kräftezehrenden Verhöre, die Sturheit, mit der ihm Strack gegenübergetreten war – er war froh, dass es vorbei war. Nicht einmal die Ungewissheit über Stracks wahre Identität störte ihn. Sollten sich doch andere mit diesem Störenfried aus einer Stadt, die nicht einmal existierte, herumschlagen. Er jedenfalls nicht, er würde sich wieder seinem ruhigen, gemütlichen Leben im kalten Weliki Nowgorod widmen.

In seinem Büro ratterte das Faxgerät. Sauramas Blick fiel auf einen Haufen Papier, der sich auf dem Boden allmählich stapelte. Ein flüchtiger Blick genügte, um zu begreifen. Das Fax kam aus den Niederlanden, von dem netten Kollegen Postma. Hunderte, nein Tausende Namen standen auf den Blättern. Namen, die Saurama nicht kannte. Es waren deutsch klingende Namen, größtenteils. Daneben standen europäische Polizei- und Gefängnisadressen. Einige kamen Saurama bekannt vor.

Seine Augen wanderten weiter. In eine Spalte weiter rechts. Plötzlich hatte er das Gefühl, all das zu verstehen, was in den letzten Tagen vorgefallen war. Mit einem Mal war ihm klar, warum diese Stadt im fernen Deutschland existieren sollte. Denn in dieser Spalte, die den Titel »Ursprünglicher Wohnort« trug, gab es nur einen Namen, der immer wieder auftauchte. Tausendfach. Und das war kein anderer als »Bielefeld«. Obwohl es die Stadt nicht gab.

Auf seinem Schreibtisch entdeckte Saurama einen handgeschriebenen Zettel. Es war zweifelsohne die Handschrift von Simon Strack. Sie war schwer lesbar, doch schließlich gelang es ihm, die wenigen Worte zu entziffern. Darin forderte Strack ihn auf, an das Fenster in seinem Büro zu treten und einen Blick auf den Griff zu werfen.

Widerwillig stand er auf und befolgte Stracks Anweisung. Er hatte längst genug von diesem Kerl und wusste nicht, was an einem fünfzehn Jahre alten Fenstergriff so interessant sein sollte. Dennoch schärfte er seinen Blick und inspizierte das Kunststoffteil. Seitlich konnte er einen Schriftzug erkennen. Saurama beugte sich noch weiter hinunter. Verblüfft las er die eingravierten Worte: »*SCHÜCO*, Bielefeld, Germany«.

Simon Strack hatte einen alten Lada kurzgeschlossen und sich bis zur nächstbesten größeren Stadt durchgeschlagen. An einem Rasthof hielt er an und betrat das heruntergekommene Gebäude auf der Suche nach einem Kaffee. Nach einer Weile stillschweigenden Wartens begann Strack dem Tankstellenwart von seiner Odyssee aus der ostwestfälischen Provinz ins ferne Russland und den Problemen, die ihm in Weliki Nowgorod bereitet worden waren, zu berichten.

Der Tankstellenwart, der nur wenige Brocken Deutsch verstand, sah ihn interessiert und gleichzeitig verständnislos an.

Als er schließlich antwortete, wusste Simon Strack im ersten Moment nicht, ob der Mann ihn auf den Arm nehmen wollte. Doch nach einigen Sekunden realisierte er, dass es der Mann ernst gemeint hatte, als er gesagt hatte, dass Weliki Nowgorod – die Partnerstadt seiner Heimat Bielefeld – gar nicht existiere und lediglich ein Hirngespinst einiger Krimineller sei.

Simon Strack sah den Mann verblüfft an. Rasch bezahlte er und verschwand für immer.

Bücher von Jobst Schlennstedt im Emons Verlag

Küsten Krimis

mit Kommissar Birger Andresen

Tödliche Stimmen (*nur als eBook*)
ISBN 978-3-89705-561-2

Der Teufel von St. Marien (*nur als eBook*)
ISBN 978-3-89705-624-4

Möwenjagd
ISBN 978-3-89705-825-5

Traveblut
ISBN 978-3-89705-918-4

Küstenblues
ISBN 978-3-95451-110-5

Todesbucht
ISBN 978-3-95451-299-7

#hanseterror
ISBN 978-3-95451-813-5

Nebelmeer
ISBN 978-3-74080-079-6

Lübsche Wut
ISBN 978-3-74080-310-0

Küsten Krimis

mit Privatermittler Simon Winter

Spur übers Meer
ISBN 978-3-95451-450-2

Lübeck im Visier
ISBN 978-3-95451-691-9

Hafenstraße 52
ISBN 978-3-7408-0002-4

Thriller

Küste der Lügen
ISBN 978-3-95451-534-9

Ostwestfalen Krimis

mit Kommissar Jan Oldinghaus

Westfalenbräu
ISBN 978-3-89705-768-5

Dorfschweigen
ISBN 978-3-89705-996-2

Sennegrab (*ab 19. Juni 2019*)
ISBN 978-3-74080-526-5

111 Orte-Reihe

111 Orte an der Ostseeküste,
die man gesehen haben muss
ISBN 978-3-89705-824-8

111 Orte in Ostwestfalen-Lippe,
die man gesehen haben muss
ISBN 978-3-95451-109-9

111 Orte an der Ostseeküste
Mecklenburg-Vorpommerns,
die man gesehen haben muss
ISBN 978-3-95451-332-1

111 Orte in Lübeck,
die man gesehen haben muss
ISBN 978-3-95451-564-6

111 Orte in der Lüneburger Heide,
die man gesehen haben muss
ISBN 978-3-95451-844-9

111 Orte in Bielefeld,
die man gesehen haben muss
ISBN 978-3-7408-0123-6